30 MINUTES POUR SURVIVRE

Du même auteur chez Albin Michel Jeunesse

30 minutes pour survivre – *Le zoo de tous les dangers*

30 minutes pour survivre – *Le temple maudit de Cetho Wukir*

30 minutes pour survivre – *L'odyssée de la peur*

30 minutes pour survivre – *La mission Lune ne répond plus !*

30 minutes pour survivre – *Virus mortel*

BERTRAND ET NEIL PUARD

30 MINUTES POUR SURVIVRE

LE MANOIR OÙ LA MORT RÔDE

Albin Michel Jeunesse

Lorsque tu dormiras, ma belle ténébreuse,
Au fond d'un monument construit en marbre noir,
Et lorsque tu n'auras pour alcôve et manoir
Qu'un caveau pluvieux et qu'une fosse creuse

Charles Baudelaire, *Les Fleurs du mal* (1857)

30:00

– Et surtout, n'oublie pas ta citrouille ! crie ta sœur avant d'embarquer dans la voiture.

Évidemment, toi, tu hausses les épaules : c'est ce que tu as mis en premier dans le coffre ce matin. S'il y a bien quelque chose que tu ne vas pas oublier d'emporter pour ce long week-end d'Halloween, c'est bien cette citrouille que tu as fait pousser pendant toute l'année dans le potager familial. Tu peux légitimement en être fier. Elle est jolie, d'un orange vif, bien ronde, et elle pèse tout de même une trentaine de kilos. Certes, tu es loin du record de la plus grosse citrouille – une tonne et deux cents kilos –, mais c'est déjà une belle réussite pour toi qui n'as pas spécialement la main verte. Tu comptes bien, une fois arrivé chez tes grands-parents, leur demander de t'aider à l'évider puis à tailler dans l'écorce des yeux en forme de lune et un sourire grimaçant. Il ne te restera plus qu'à fixer à l'intérieur une grande bougie et ton légume de saison sera prêt à être déposé devant la porte de la maison. Tu espères bien qu'il terrifiera les enfants venant chercher leurs bonbons.

Tu apportes aussi un costume de vampire, un dentier aux canines effilées plus vrai que nature et une poche de faux sang pour en barbouiller tes vêtements. Contrairement à toi, Judith, ta sœur aînée de six ans, trouve cette fête ridicule. Et ton déguisement encore plus. Mais tu te fiches bien de son avis, en vérité. Pour toi, la soirée s'annonce merveilleuse !

Vous êtes partis il y a deux heures à bord de la voiture de ton père, Benjamin. C'est la tradition annuelle : célébrer Halloween en compagnie de tes grands-parents qui habitent dans un petit village d'altitude. Heureusement, il y a l'autoroute qui coupe à travers les montagnes sur une bonne partie du chemin. Enfin, d'ordinaire... car là, tu entends ton père grogner à la lecture d'un panneau de signalisation clignotant sur le bord de la route à l'approche d'une sortie.

– L'autoroute est fermée devant nous, peste-t-il, il va falloir qu'on emprunte les petites routes de montagne. Ça va bien nous rallonger d'une heure ou deux... Et puis bonjour le mal au cœur, avec tous ces virages...

Tu jettes un coup d'œil à l'horloge digitale de la voiture. Heureusement, vous avez un peu d'avance, tu ne seras pas en retard pour la soirée déguisée !

Vous sortez donc de l'autoroute et ton père reprogramme

le GPS afin que le dispositif prenne en compte la déviation. L'heure d'arrivée est certes plus tardive, mais c'est jouable ! La voiture, qui n'est pas de prime jeunesse, se lance péniblement à l'assaut de la première montée.

– Il y en a trois comme ça, soupire ton père, j'espère que nous n'aurons pas de problème technique.

Tout a l'air de bien se passer durant la première heure. Assis à l'avant, tu entends bien le moteur ronfler un peu, mais les indicateurs du tableau de bord, que tu regardes souvent – à l'instar de ton père –, ne signalent aucune anomalie. À l'arrière, ta sœur a son casque sur les oreilles et mime avec ses lèvres les paroles des chansons idiotes qu'elle écoute à longueur de journée. Tu ne sais même pas si elle a remarqué le changement d'itinéraire !

C'est lorsque tu découvres un panneau indiquant le second sommet, à un kilomètre à peine, que ton destin bascule.

Un voyant rouge clignote en émettant un bip répété. Le moteur cale. La voiture décélère. Ton père tourne la clef, tente de remettre le contact, mais rien n'y fait. La voiture s'arrête dans une petite pente finale et Benjamin, après un juron, tire le frein à main pour qu'elle s'immobilise.

– C'est pas possible ! tonne-t-il en tapant des poings contre le volant.

Tu lui dis que son énervement n'arrangera pas vos affaires mais il est déjà sorti. À l'arrière, ta sœur a enlevé son casque.

– On est arrivés ? demande-t-elle. Ça tombe bien, j'ai soif et j'ai faim !

Tu ne réponds pas, tu la laisses dans son ignorance. Elle s'apercevra bien assez tôt de sa méprise. Tu sors à ton tour. L'air est frais, un vent fort souffle, la cime des sapins qui vous entourent s'agite. Ton père s'est approché d'un panneau annonçant un village non loin. C'est déjà ça.

– Pics-Jumeaux, dit-il. Jamais entendu parler de ce bled...

Le nom ne te dit rien non plus.

En aiguisant ton regard, tu distingues, au-delà de la route qui monte, le clocher d'une église qui émerge des arbres, mais aussi une girouette fixée sur un toit pentu en ardoise noire. Une girouette étrange, elle ne semble pas représenter un coq, comme à l'ordinaire, mais plutôt... un loup.

Surprenant, non ?

Ton père retourne à la voiture et tente de la faire redémarrer. Rien n'y fait.

Judith vient de comprendre que quelque chose ne tourne pas rond :

– Ne me dis pas qu'on est en panne ? gémit-elle.

C'est exactement ce que tu lui dis. Ta sœur soupire, retourne s'installer sur la banquette arrière et replace son casque sur sa tête.

« Pics-Jumeaux. » Quel nom bizarre...

– Restez ici, dit ton père en accrochant son sac banane autour de son buste, je vais aller en ville chercher de l'aide. S'il n'y a pas de garagiste, je trouverai bien un autochtone qui s'y connaît suffisamment en mécanique...

Ton père monte la route en pente et c'est avec une légère appréhension que tu le vois disparaître tandis qu'il redescend de l'autre côté.

Va à la page 12.

27:40

Tu reviens vers la voiture et tu y trouves Judith penchée au-dessus du coffre, qui met tout sens dessus dessous. Elle a déposé ta citrouille géante sur le bitume sans la moindre délicatesse. Tu t'empresses de la replacer à l'intérieur du véhicule et, dans la manœuvre, tu heurtes le bras de ta sœur.

– Hé ! Ça va pas ?

Elle te fusille du regard. Tu lui demandes ce qui lui prend d'être aussi énervée. Mieux vaut être calme dans une situation difficile comme celle que vous êtes en train de vivre. Le ton docte que tu as pris n'a pas l'air de lui convenir :

– Gnian gnian gnian... Écoutez le gentil élève, le premier de la classe... Monsieur Parfait... J'ai soif, voilà ce que j'ai ! Et il n'y a pas une seule bouteille d'eau à bord. Je n'en peux plus... J'ai comme une barre dans la poitrine, comme un étau qui enserre mon cœur... Je dois boire...

À cet instant, un cri déchire le silence de la montagne. Cela vient du village, très certainement. Une tonalité aiguë, que tu ne parviens pas vraiment à reconnaître. Un oiseau, peut-être ? Un rapace… Tu en vois plusieurs qui planent, les ailes complètement ouvertes, surplombant la forêt, plus haut sur votre droite. Bientôt, ils seront au-dessus de toi, car ils avancent doucement, tout doucement… Cela ne te rassure pas.

– Où est Papa ? demande Judith qui a, elle aussi, observé les grands oiseaux.

Tu l'informes qu'il est parti au village chercher de l'aide. Ta sœur ricane :

– Il ne trouvera rien, chez ces bouseux…

Tu la vois se débarrasser de son casque, le déposer sur la banquette arrière, puis regarder l'écran de son smartphone.

– Pas de réseau… c'est le délire total, ici ! Bon, écoute, tu restes là et moi je vais aller frapper à la porte de la maison, là-bas, sous la girouette. Enfin, la maison, le manoir, j'en sais rien. J'ai trop soif, ils me fileront bien une bouteille d'eau, ou juste un simple verre… Mais je ne tiens plus !

Tu hésites à lui proposer de l'accompagner car tu n'aimes pas trop l'idée de te retrouver seul sur cette route, en plein milieu de la forêt, avec une voiture en panne. Comme si elle lisait dans tes pensées, Judith prend les devants :

– Tâche de rester ici et de ne pas bouger. Si Papa revient dans l'intervalle, il va paniquer s'il ne trouve personne.

OK. Tu juges que c'est plus sage, en effet. Pour une fois que Judith se montre sensée... Tu la regardes donc partir, par la même route que ton père, et tu te retrouves seul.

Les oiseaux sont toujours là. L'un effleure la cime des sapins et lâche un cri qui te glace le sang. Est-ce qu'il t'a regardé lorsqu'il t'a survolé ? Tu en as l'impression. Il avait de grands yeux jaunes et menaçants.

Un nouveau cri se fait entendre depuis la forêt. Il te déchire les tympans. Là, ce n'est pas un volatile. Une bête sauvage, alors ? Ou bien... un humain ?

Bon, tu ne vas pas rester ici, seul, les bras croisés à ne rien faire. Il te faut partir à la recherche de ta sœur et de ton père pour que vous trouviez ENSEMBLE un moyen de faire redémarrer cette fichue voiture. Ce village de Pics-Jumeaux et ses alentours ne te disent rien qui vaille. Si tu pouvais réussir avant la tombée de la nuit, ce serait l'idéal. Ensuite, ce sera plus difficile... Combien de temps as-tu ? Moins de trente minutes, à en juger la position du soleil et la pénombre qui s'installe déjà tout autour de toi.

Lorsque tu passes à ton tour la crête, la route se met à descendre et tu arrives alors à apercevoir l'entrée du village de Pics-Jumeaux. En découvrant l'endroit, tu te demandes si le terme « village » n'est pas encore trop important pour désigner une rue ponctuée çà et là de quelques maisons, magasins et bâtiments. Le manoir se situe un peu avant l'entrée du village, sur la droite. On y accède en empruntant un chemin de gros graviers, après un portail en bois – qui a dû être de couleur verte, une centaine d'années auparavant. La bâtisse d'inspiration gothique, aux grandes fenêtres et aux gouttières se terminant par des gargouilles, semble être à l'abandon. Tu te demandes comment Judith pourrait y trouver quelqu'un pour l'aider.

Alors ? Il te faut choisir une première destination.

Si tu décides de prendre la direction du village comme semblait le vouloir Benjamin, ton père, va à la page 16.

Si tu préfères aller frapper à la porte du manoir dont tu distingues seulement le toit, comme l'a fait ta sœur, va à la page 64.

21:10

Tu décides de continuer tout droit en direction de la route principale du village de Pics-Jumeaux. Un silence étonnant règne autour de toi. Le vent souffle plus fort encore. Il est si froid qu'il te fait frissonner. Avec cet incident, c'est quasiment certain, tu vas arriver en retard chez tes grands-parents et tu ne pourras pas participer à Halloween avec les autres jeunes de leur village. Quelle poisse ! À moins que ton père trouve vite un type capable de réparer la voiture... Mais si tel n'est pas le cas... y a-t-il au moins un hôtel, dans cette contrée ?

Tu laisses derrière toi le chemin de graviers qui mène au manoir et, alors que tu avances, tu es ébloui par un grand flash lumineux issu d'un des bâtiments de Pics-Jumeaux. Tu entends un puissant *ziiiip !* et la lumière revient. Cette fois, tu as le réflexe de protéger tes yeux. Des rires fusent depuis le village, plusieurs rires mêlés qui se terminent par une longue toux grasse.

Tu es un peu dégoûté. Mais bon, au moins, le village est habité.

Alors que tu hâtes le pas pour rejoindre ton père au plus vite, tu distingues, au détour d'une futaie, un chemin de terre qui mène vers l'église dont tu avais aperçu le clocher tout à l'heure. Un cimetière où sont plantées de multiples croix de bois et où s'étalent des tombes en pierre défoncées entoure l'édifice religieux plongé dans l'ombre.

Soudain, les cloches se mettent à carillonner, comme s'il s'agissait de saluer ton passage. Il y a aussi quelqu'un dans l'église. Le prêtre, peut-être ?

Tu peux aller le trouver si tu penses que cela vaut mieux que de te rendre au village seul. Un prêtre est souvent un personnage sensé et de bon conseil.

Deux choix s'offrent à toi.

Si tu continues ton chemin en direction du village, va à la page 18.

Si tu préfères bifurquer en direction de l'église et du cimetière, dirige-toi vers la page 43.

17:10

Bon, c'est la meilleure des décisions, non ? Ton père vous a dit qu'il s'y rendait pour y chercher de l'aide. Tu vas le rejoindre, vous repartirez ensemble, puis vous retrouverez Judith qui aura bien eu son verre d'eau servi par une main diligente au manoir.

Tu passes le chemin qui mène à l'église et tu arrives vite près de la première habitation. C'est une simple maison en brique, avec un jardinet. Ici aussi, on s'apprête à fêter Halloween : tu aperçois trois grosses citrouilles devant la porte. Elles ne sont pas allumées, mais il reste encore un coin de jour.

Un grand silence t'entoure. Plus de rires, rien, à l'exception tout de même d'une enseigne qui grince, un peu plus loin – c'est celle d'une épicerie qui porte le nom de « Spectre Market ». Charmant. Elle grince toute seule, parce que tu remarques que le vent ne souffle pas dans la rue principale. Tu trouves qu'il fait subitement chaud. Un peu mal à l'aise à cause de ce brusque changement de climat, tu regardes dans la direction d'où venait le flash de lumière. Plus rien.

Tu ne vois ni ton père ni un seul habitant déambuler dans le village. C'est désert.

Jusque-là, tu marchais au milieu de la chaussée pour être en mesure d'apercevoir les deux côtés de la rue distinctement, mais tu choisis de te ranger sur le trottoir de droite, celui où se situe l'épicerie. Sur la porte vitrée, on peut lire sur un carton rectangulaire « Ouvert ! » avec, au-dessous, une autre pancarte : « N'ayez pas peur. Nous avons glacé nos prix. » Évidemment, tu peux entrer dans le magasin pour demander des renseignements. Ou bien poursuivre ton chemin. En aiguisant ton regard – peut-être pas autant que les rapaces qui volent toujours au-dessus de toi comme s'ils te suivaient –, tu te rends compte qu'il y a bien un garage à Pics-Jumeaux ! Il est à une centaine de mètres de toi, sur le trottoir opposé. C'est un grand bâtiment en tôle grise dont la façade est couverte de poussière noire. En revanche, l'établissement a l'air fermé. Le rideau de fer descendu en atteste.

C'est alors que tu finis par identifier l'édifice qui diffusait les flashs, tout à l'heure : un cinéma. Enfin, c'est ce que tu devines en découvrant les grandes lettres rouges, ponctuées d'ampoules jaunes, qui ont dû clignoter sur la façade vétuste de l'établissement il y a bien longtemps. Il ne reste plus que le C, le N et le MA de la fin. Mais... ? Tu plisses les yeux. Qui est cette personne qui entre dans le cinéma ? Il porte une parka bleue... comme ton père !

Cela devrait suffire pour un premier contact avec la bourgade. Alors, où vas-tu choisir d'aller ?

À l'épicerie toute proche. Pousse la porte du Spectre Market en te rendant page 21.

Au garage, où tu as le plus de chances de trouver ton père. Va alors à la page 23.

Enfin, si tu penses que la parka bleue est bien celle de ton père, dirige-toi vers le cinéma, à la page 26.

17:20

Lorsque tu pousses la porte, le tintement d'une clochette se fait entendre au-dessus de toi. L'endroit est désert. Pas âme qui vive. Tu fais un pas, puis un autre. Personne à la caisse, où tu trouves un panier rempli de baguettes de pain. Tu t'approches et tu t'aperçois que plusieurs ne sont plus dorées, mais verdâtres ! Complètement pourries ! Et celles qui ont encore l'aspect du pain sont dures comme du marbre. Sympathique. Tu demandes s'il y a quelqu'un, mais tu n'obtiens aucune réponse.

Tu décides d'avancer dans le magasin. Après tout, tu es là pour avoir un premier contact humain à Pics-Jumeaux. Les rayons sont plutôt bien achalandés. Celui des lessives et des savons est rempli à bloc. Dans celui des condiments, tu trouves plein d'herbes et d'épices, mais aussi une quantité très importante d'ail sous toutes ses formes : des gousses accrochées au plafond, de l'ail en poudre dans d'énormes bocaux... Tu continues ton exploration. Pas d'alcool sur les étagères réservées aux boissons, seulement de l'eau. Et, dans de gros jerricanes, de l'eau... bénite. Oui, tu relis l'étiquette pour y croire. Des litres d'eau

« garantie bénite » par le prêtre de Pics-Jumeaux qui a même sa photo sur l'étiquette. Dingue. Au détour d'un rayon, tu aperçois un escalier qui s'enfonce dans le sol. Vers la cave, certainement.

Le rayon frais est, lui, bien rempli mais la contemplation des quartiers de viande t'arrache un haut-le-cœur : de grosses mouches noires et des vers marron y ont élu domicile et ont l'air de se bâfrer de cette chair flasque dont tu perçois alors l'odeur pestilentielle. Tu bats en retraite en vitesse vers l'entrée.

Tu en as assez vu. Ce lieu te file la chair de poule. Que vas-tu faire ? Mettre les voiles ? Oui, mais ça, c'était avant que quelqu'un ait fermé la porte d'entrée. À présent, la petite pancarte indique que Spectre Market est fermé... et toi, tu es à l'intérieur !

Si tu cries pour appeler celui ou celle qui a osé t'enfermer dans l'épicerie, rends-toi à la page 29.

Si tu préfères te débrouiller seul, tu peux retourner dans le fond du magasin pour emprunter l'escalier qui descend, et tu trouveras alors peut-être une sortie : va à la page 31.

12:40

Tu es entré dans Pics-Jumeaux – contre les consignes de ta sœur – pour rejoindre ton père. Il te paraît alors plutôt logique de te rendre au garage où Benjamin a dû aller chercher de l'aide. Tu traverses donc la rue principale – l'unique rue, en réalité – et tu te retrouves devant le hangar du garage. Toutes les portes sont fermées : la principale, un rideau de tôle, par laquelle entrent les véhicules ; et la secondaire, une porte vitrée, qui accueille les clients. Sans attendre, tu frappes plusieurs fois avec ton poing contre cette dernière. Tu finis par entendre une voix.

– Voilà, voilà...

C'est un homme chauve d'une cinquantaine d'années qui vient t'ouvrir. Il a le visage, le crâne, le cou et les mains couverts d'une graisse grumeleuse et noire. Il porte une salopette bleue, elle aussi très sale. Dans sa main droite, il tient une cigarette au bout incandescent et qui sent le maïs brûlé. Dans celle de gauche, une clef à molette tachée de traces rougeâtres à moitié effacées.

Tu remarques qu'il ne lui reste plus qu'une dent de chaque côté de la mâchoire et que son orbite droite est vide.

– C'est pour quoi ?

Tu entres dans la salle d'attente du garage et tu demandes aussitôt à l'homme qui te répugne un peu s'il a bien reçu la visite de ton père.

– La visite de qui ? demande-t-il. Ça fait bien un mois que j'ai pas eu un seul client... Z'êtes mon premier... Et bien jeune, pour avoir une voiture... C'est pour quoi, gamin ? Un problème sur le carburateur de ta motocyclette ?

Tu restes interdit. C'est étrange que ton père ne se soit pas rendu au garage directement. Où peut-il donc bien se trouver, alors ? Tu insistes auprès du garagiste qui tire une dernière fois sur sa cigarette avant de la jeter sur le sol et de l'écraser.

– J'te dis que j'ai vu personne, gamin ! Pourquoi que je te mentirais, en fin de compte ?

Il crache sur le sol et son glaviot ressemble à un de ces morceaux de charbon que ton père utilise pour allumer les barbecues, l'été. Ça te soulève le cœur.

– T'as besoin d'aide, alors ? Parce que moi, je me déplace aussi, si t'es en rade quelque part dans notre fichu village...

C'est tentant, non ? Ton père s'est peut-être arrêté à l'épicerie entre-temps et le principal est que la voiture soit réparée au plus vite... Le garagiste ne te laisse même pas répondre et repart dans son atelier pour aller chercher sa caisse à outils.

– Viens, dit-il de sa voix atrocement enrouée. Entre... Faut juste que je prévienne ma bonne femme que j'm'en vais travailler parce que sinon, elle va croire que je vais boire un coup avec mon pote l'épicier...

Comment vas-tu réagir ?

Si tu décides d'accepter la proposition du garagiste et de partir avec lui pour réparer la voiture, va à la page 36.

Si ce type ne te dit rien qui vaille et que tu préfères te débrouiller seul, prends tes responsabilités, annonce-le-lui très clairement et rends-toi à la page 33.

12:50

Tu veux en avoir le cœur net. Est-ce ton père qui est entré dans le cinéma ? Est-ce lui, ce seul et unique être vivant, que tu aurais vu dans ce curieux village de Pics-Jumeaux ? Ce serait étonnant que Benjamin se soit orienté vers le cinéma alors qu'il devait chercher un garagiste. L'heure n'est guère au divertissement.

Toutes ces pensées s'entrechoquent dans ton esprit tandis que tu rallies à grands pas les portes de l'établissement. Il te semble, alors que tu n'es qu'à quelques mètres de l'entrée, qu'une séance est en cours. Tu perçois des bruits depuis l'intérieur, des cris mais aussi de curieux rires qui se terminent dans d'affreux raclements de gorge.

Sur la façade, tu découvres l'affiche du film que le cinéma projette en ce moment. *Kotze auf die Stadt.* C'est de l'allemand. Bon, tu n'es pas spécialiste de la langue de Franz Kafka mais tu crois te rappeler que *Kotze* signifie « vomi ». Tout un programme. D'ailleurs, l'affiche n'est pas en reste : elle représente un village – étrangement similaire à Pics-Jumeaux – recouvert d'une substance pâteuse verdâtre qui semble avoir été crachée par un monstre en forme de gros cube bizarre qu'on ne distingue qu'à moitié, en bas à droite de l'affiche.

Tu rassembles tout ton courage et tu entres par la porte tambour. Elle se met à tourner à toute vitesse et tu parviens à t'en échapper avec difficulté au bout de cinq tours. C'est dément, non ? Tu es tout étourdi. Autour de toi, de multiples affiches forment comme un kaléidoscope aux mille couleurs. Il y a là tous les plus grands films d'horreur : *Dracula*, *Frankenstein*, *Le Loup-Garou*, *Shining*, *L'Exorciste*, *Evil Dead*, *Carrie*, *Halloween*, *Scream*, *Le Projet Blair Witch* et bien d'autres.

Tu titubes vers la caisse et tu demandes si un homme que tu décris comme ton père est entré dans le cinéma avant toi.

– Vous voulez un ticket ? aboie la caissière.

Tu réitères ta question et la caissière sa réponse. C'est comme si elle n'entendait rien. À cet instant, tu t'aperçois qu'il n'y a pas une, mais deux caissières. Enfin, c'est plus compliqué que ça : ce sont des siamoises. Deux sœurs avec deux têtes et deux voix différentes, mais qui partagent le même corps, les mêmes bras et les mêmes jambes ! Ton mal de crâne s'accentue.

– Le prix est affiché là, annoncent-elles en chœur.

Tu te dis que tu ferais mieux d'aller toi-même à

l'intérieur pour voir si ton père s'y trouve plutôt que de faire entendre raison à ces employées revêches. Tu décides donc de payer et tu farfouilles dans la poche de ton jean pour sortir quelques pièces de monnaie. Les caissières les prennent et te donnent en échange un bout de carton sale.

– Vous avez un cornet de pop-corn compris pour le soir d'Halloween. Cadeau du Zombistyx !

Ce doit être le nom de l'établissement. Et cela n'arrange rien à ton état de nerfs...

Que décides-tu ?

Si tu acceptes l'offre des caissières du cinéma, va te servir à la machine à pop-corn à la page 41 puis entre dans la salle par la porte avant pour y retrouver ton père.

Si tu préfères ne pas suivre leurs conseils et entrer directement dans la salle par la porte arrière, alors fonce à la page 38.

08:15

Tu ne vas ni baisser les bras ni fuir. Ce n'est pas dans ton tempérament. Tu vas plutôt demander des explications à celui qui a osé t'enfermer dans le magasin dans ton dos. Ou plutôt à *celle* qui a osé t'y enfermer.

Car c'est une femme qui se dirige vers toi. Enfin, une femme, c'est vite pensé... Plutôt une sorte de grosse boule de chair qui glisse sur le linoléum. La vendeuse ne respire pas, elle siffle. Et tu as bien du mal à apercevoir ses petits yeux noirs entre ses joues bouffies et son front pendant.

– C'est quoi le problème ? demande-t-elle.

Lorsqu'elle ouvre la bouche, tu as l'impression qu'on vient de commencer la vidange des égouts d'une métropole. Son haleine est au-delà de la pire des puanteurs. Cependant, ce n'est pas cette odeur qui t'effraie, mais le grand couteau rutilant qu'elle tient dans sa main droite.

– T'as terminé tes courses ? ricane-t-elle en s'installant derrière sa vieille caisse enregistreuse.

Elle ouvre le tiroir-caisse qui émet un bruit de clochette et éclate de rire. Toi, tu restes tétanisé devant cette apparition monstrueuse. Mais c'est quoi, Pics-Jumeaux ? C'est où ? Encore sur Terre ? La femme, elle, te scrute des pieds à la tête. Tu la vois s'attarder sur tes cuisses qui semblent bien à son goût.

– Y a de quoi faire du bon jambon, susurre-t-elle entre ses dents cariées. Garanti sans trop de couenne ! Alors... tes courses ?

Tu esquisses un geste de recul mais c'est trop tard. La femme a levé la main et t'assène un premier coup de couteau en plein cœur. Tu vois la lame s'enfoncer dans ton buste puis ressortir, trempée de sang. Une douleur inouïe te déchire en deux ; tu glisses sur le sol et bascules dans l'inconscience. Tant mieux. Et si tu pouvais mourir vite avant que ce monstre te charcute, ce serait plutôt bien, non ?

00 : 00

Tu as perdu !

Jamais, même dans tes plus affreux cauchemars, tu n'aurais pensé vivre une telle fin et mourir de façon aussi horrible ! N'hésite pas à te rendre à la page 18 pour retenter ta chance et parvenir, cette fois, à quitter cet endroit maudit.

16:00

Tu ne souhaites pas particulièrement te retrouver face au tenancier de cet établissement qui vend de l'ail à foison, de l'eau bénite, du pain et de la viande avariés. Ce type doit être un taré de première catégorie... Aussi décides-tu de te débrouiller seul et d'emprunter cet escalier qui descend certainement vers une cave.

Coup de bol, lorsque tu poses tes baskets sur la terre battue du sous-sol, tu peux appuyer sur un interrupteur. Et la lumière s'allume !

De drôles de cocons sont accrochés au plafond. Tu crois, à première vue, qu'il s'agit de curieux abat-jours ; en fait, ces ovales recouverts d'une fine couche d'une matière s'apparentant à du coton ressemblent plus à... des chauves-souris suspendues, en train de se reposer !

Tu ne cherches pas à en savoir plus car ton estomac se tord horriblement. Sans perdre de temps, tu slalomes entre les bêtes, en prenant bien soin de n'en heurter aucune avec ta tête, pour aller dans la deuxième pièce.

Tu y accèdes vite. Elle est vide, à l'exception d'un carton rempli de centaines de petits crucifix à porter en pin's. La troisième salle, en enfilade, contient trois grands cercueils en bois sombre.

Mais chez quel genre de malades as-tu mis les pieds ?

C'est alors que tu entends des bruits de pas dans l'escalier. Une cavalcade... Tu ne peux pas faire demi-tour, donc tu empruntes un nouvel escalier qui descend sous terre. Il débouche sur un tunnel dans lequel tu t'enfonces. Tu marches, tu marches encore, ce boyau aux murs de terre qui suintent l'humidité semble sans fin. Ça sent la pourriture comme jamais. Puis tu distingues les premières marches d'un escalier de glaise : elles fondent presque sous tes pas. Tu t'accroches aux parois avec tes ongles, et tu aboutis enfin dans ce qui pourrait être une autre cave... Plus vaste, celle-là, la cave d'une très grande maison. Celle du manoir où s'est rendue Judith pour y demander de l'eau ? C'est possible.

Va à la page 69 pour continuer ton exploration.

07:30

Hors de question que tu partes seul avec ce type ! Il te semble des plus bizarres et tu es certain qu'il te ment à propos de ton père. Benjamin est forcément passé le voir... Alors tu entres dans le garage et tu fonces vers le petit bureau où le chauve est en train de téléphoner.

– Ouais, ouais, chérie, dit-il, m'a l'air bien portant... En bonne santé... Comme l'autre... D'ailleurs, il lui ressemble...

Quoi ? Est-ce que tu as bien entendu ? Le garagiste ne semble pas dire à sa femme qu'il s'absente, mais il lui parle de toi... Et « l'autre » ? Ne serait-ce pas ton père ?

Tu ne cherches pas à en savoir plus car le vieux a raccroché aussi sec et fonce dans ta direction en brandissant sa clef à molette. Il veut t'assommer ! Mais tu réagis vite et avec discernement. Tu saisis un extincteur de secours fixé au mur du bureau, sur ta droite, le dégoupilles sans ciller et envoies une giclée de gaz carbonique en plein dans le visage de ton agresseur. Tu l'entends crier et tomber à genoux sur le sol.

– Tu es plus résistant que ton père, hoquette-t-il en s'essuyant les yeux.

On dirait qu'il est couvert de neige. Il cherche à se relever mais tu envoies une seconde giclée avant de lui balancer un coup d'extincteur sur le crâne. L'heure n'est pas à l'hésitation. Le garagiste glisse sur le sol, inconscient. Il a lâché sa clef à molette.

Tu sors du bureau en nage, haletant. Tu es bien chez les fous. Tu entends des bruits au fond du garage, quelqu'un qui tambourine contre une porte vers laquelle tu fonces sans attendre.

– Au secours ! crie une voix que tu reconnais aussitôt.

C'est ton père ! Tu lui ouvres. La porte était condamnée depuis l'intérieur seulement. Benjamin surgit et te serre dans ses bras. Son front est ouvert au-dessus de son œil droit et du sang a dégouliné sur tout son visage et sur ses vêtements.

– Vite, souffle-t-il, ce taré a garé sa voiture derrière le garage... La petite porte, là... Je l'ai vu avant qu'il cherche à m'assommer et m'emprisonne ici...

Vous sortez par l'arrière du garage et entrez dans la vieille guimbarde de votre agresseur. Ton père actionne le démarreur et le moteur tousse un peu avant de se lancer. Ça ira bien ! Tu lui dis que ta sœur est partie en direction du manoir.

– On passe la prendre et on file, s'écrie-t-il.

Il conduit comme un fou dans la rue principale du village et vous retrouvez Judith une centaine de mètres plus loin.

– C'est un village de malades, ici ! gémit-elle.

Elle saute sur la banquette arrière et Benjamin remet les gaz aussitôt.

Lorsque tu lis le panneau annonçant la sortie de Pics-Jumeaux, tu peux enfin souffler. Vous êtes sauvés !

00 : 00

Bravo ! Tu as réussi à quitter ce village maudit, dominé par ce manoir insensé où la mort rôde. Il existe bien d'autres façons d'y parvenir et de triompher de tous leurs dangers. ***Va à la page 16 si tu as assez de courage pour les vivre...***

06:20

C'est vrai que ce type a l'air un peu bizarre mais c'est un garagiste avant tout, et tu peux bien le mener jusqu'à la voiture afin qu'il ausculte le moteur et le répare, si cela est possible.

Tu entres alors dans le garage et l'homme chauve, pendu au téléphone, te fait signe d'approcher. Il semble en grande conversation avec sa femme. Tu ne discernes pas ce qu'il lui dit mais tu entends à intervalles réguliers des éclats de rire gras.

Bizarre.

D'autant que le garagiste te fait soudainement signe de t'arrêter. Il raccroche aussi sec et saisit sa sacoche à outils, qu'il place en bandoulière.

– Une seconde, grogne-t-il, faut que je me rallume une clope... Tiens, tu peux pas aller me chercher mon paquet, là-bas, sur l'établi...

Il désigne du doigt une étagère où reposent des outils tous plus crasseux les uns que les autres. Tu t'exécutes en haussant les épaules. Après tout, il va te rendre un service, tu peux bien lui en rendre un aussi.

Mais lorsque tu passes sous le châssis d'une voiture en équilibre sur un élévateur, tu te dis que l'idée était mauvaise, très mauvaise, même. Car tu entends le garagiste rire à nouveau, à gorge déployée, et presser un bouton sur un petit boîtier bleu qu'il tient à la main.

Aussitôt, le piston qui maintenait la voiture en hauteur s'affaisse. Ce serait presque rigolo à observer si tu ne te trouvais pas précisément *sous* la voiture. Et tu reçois donc sur le crâne plus d'une tonne de ferrailles en tous genres.

Ce que tu ressens avant d'être écrasé au point de ressembler à une crêpe à base de farine de haricots rouges ? Difficile à dire. D'abord, un choc d'une violence monstrueuse sur la tête ; puis les ténèbres. Tant mieux.

00 : 00

Tu as perdu !

Jamais, même dans tes plus affreux cauchemars, tu n'aurais pensé vivre une telle fin et mourir aussi horriblement ! N'hésite pas à te rendre à la page 18 pour retenter ta chance et parvenir, cette fois, à quitter cet endroit maudit.

06:10

Tu te fiches bien de profiter d'un cornet de pop-corn offert par ce maudit cinéma. D'ailleurs, tu n'as pas faim le moins du monde. Alors tu files vers la salle sans ajouter un mot, et tu y entres – elle est comble. Tes yeux mettent un peu de temps à s'habituer à l'obscurité. À l'écran, un monstre vert sème la terreur en écrasant des maisons entières avec ses gros pieds gluants qui semblent être en chewing-gum à la chlorophylle. Des spectateurs effrayés crient, d'autres rigolent. Tu ne vois que l'arrière de leurs têtes et tu entends leurs réactions.

Mais tu n'es pas là pour ça. Où est ton père ? Tes yeux scrutent le public… et finissent par trouver Benjamin ! Il marche rapidement, il va bientôt disparaître derrière l'écran. C'est bien lui, la lumière du projecteur a illuminé son visage. Tu l'appelles, tu cries son prénom mais il n'entend pas à cause de la bande-son du film et des exclamations des gens. Tu cours alors à sa rencontre en traversant la salle.

C'est en découvrant la tête des spectateurs que tu retiens un hoquet de terreur. Tous ont le visage en décomposition, en putréfaction. La plupart n'ont plus d'yeux, quand d'autres ont à peine la peau sur les os ! Le public est constitué de zombies ! C'est complètement dingue ! Tu comprends mieux pourquoi l'établissement porte le nom de Zombistyx...

Tu cours plus vite encore et tu finis par rattraper ton père tandis qu'il sort du cinéma par une issue de secours. Il sursaute quand tu saisis sa parka.

– Tu m'as fichu une de ses trouilles ! halète-t-il.

Tu lui demandes s'il a vu les gens qui étaient dans le cinéma.

– Ne m'en parle pas, fils ! dit-il. Je suis allé chez le garagiste, c'est un malade... Il a essayé de me tuer... Heureusement, je me suis défendu et je l'ai neutralisé. J'ai trouvé un double des clefs de la moto de la caissière du cinéma sur son bureau. Comme le portail du garage était fermé, je me suis dit qu'on pouvait y accéder par l'intérieur.

Et Benjamin a vu juste ! Il y a bien une moto de grosse cylindrée sur le parking.

– Je n'ai pas le permis pour conduire ce genre d'engin, mais on va faire au mieux.

Il y a deux casques, normal, puisque la caissière a deux têtes. Vous les coiffez et ton père s'élance, le moteur poussé à fond. Le portail vole en éclats et vous roulez en direction du manoir.

Judith est là, près de la voiture. Son visage est d'une pâleur de suaire. Ses traits sont ravagés par l'angoisse.

– Faut que je vous raconte... Le manoir est...

Mais vous l'interrompez en lui ordonnant de monter à l'arrière de la moto. Et vite ! Les explications, ce sera pour plus tard. Là, il faut quitter Pics-Jumeaux, cet enfer sur Terre.

00 : 00

Bravo ! Tu as réussi à quitter ce village maudit, dominé par ce manoir insensé où la mort rôde. Il existe bien d'autres façons d'y parvenir et de triompher de tous leurs dangers. Va à la page 16 si tu as assez de courage pour les vivre...

05:55

Et pourquoi pas, après tout ? Du pop-corn n'a jamais fait de mal à personne, et mieux vaut ne pas éveiller la méfiance de la caissière. Aussi, tu prends la direction de la machine à faire rôtir le maïs et tu observes durant quelques secondes les grains arriver sur une grille chauffée à blanc avant de se transformer en flocons. Ensuite, un saupoudreur automatique les recouvre d'une épaisse couche de sucre cristal. Ce spectacle a quelque chose de doux et de rassurant. Et cette odeur te rappelle l'ambiance des fêtes foraines et des parcs d'attractions que tu adores. Tu pourrais rester encore à le regarder mais tu n'oublies pas que tu es là pour trouver ton père. Alors tu t'empares du cornet rempli à ras bord de pop-corn et tu entres dans la salle par la porte avant.

Tu te retrouves devant l'écran de cinéma et tu reçois la lumière vive du projecteur en pleine face ; du coup, ton ombre se projette sur l'écran et, aussitôt, les spectateurs te hurlent dessus.

Tu tentes bien de chercher ton père dans l'assemblée mais la lumière est trop forte. Elle va finir par te brûler la rétine.

Par réflexe, tu fermes les yeux. Et c'est tant mieux : ça t'empêche de voir immédiatement le visage de ceux qui se sont levés de leur siège pour venir se débarrasser de toi, le gêneur ! Ils t'empoignent par les bras, les jambes, le cou, la tête. Tu as beau te débattre, ils sont dix, puis vingt, puis cinquante, puis cent. Ils se désintéressent totalement du film et cherchent plutôt à te faire souffrir. C'est quand l'un d'eux te mord la cheville jusqu'au sang que tu ouvres les yeux en hurlant de douleur. Tu la vois alors enfin, cette horde de zombies au visage en putréfaction, aux os apparents qui percent leur peau verdâtre de créatures sorties tout droit de l'enfer et qui ne te pardonneront pas de les avoir importunées lors de la projection de leur film préféré en ce soir d'Halloween.

Tu ne sais pas si ton père est bien passé par là. Et, au fond, ce n'est plus le sujet. Tu essayes de ne plus penser à rien, et surtout pas à cette souffrance qui te vrille l'esprit : une des créatures commence à déguster tes oreilles et tes orteils, en lâchant de petits lapements de plaisir.

00 : 00

Tu as perdu !

Jamais, même dans tes plus affreux cauchemars, tu n'aurais pensé vivre une telle fin et mourir aussi horriblement ! N'hésite pas à te rendre à la page 18 pour retenter ta chance et parvenir, cette fois, à quitter cet endroit maudit.

19:15

Cela peut paraître étonnant que tu te sentes attiré par l'église et que tu ne fonces pas au village ou au manoir pour aller retrouver ton père et ta sœur. Mais c'est comme si quelque chose t'y poussait... Ton instinct te dicte que Pics-Jumeaux n'est pas un endroit comme les autres et que si tu pouvais éviter de t'y rendre seul, mais plutôt avec quelqu'un susceptible de te guider et de t'éclairer, ce serait bien mieux.

Tu observes que les empreintes des semelles de tes baskets s'impriment sur la terre sèche du chemin. Le soleil se couche derrière la forêt et, puisque l'église et son cimetière sont dans une sorte de clairière, le lieu te paraît très obscur. C'est bien simple : sans le carillon des cloches qui ne semble pas vouloir cesser, tu aurais presque du mal à te repérer !

Mais tu arrives aux abords du cimetière et tu peux enfin détailler l'édifice religieux. Il n'a rien de particulièrement notable. C'est une église en pierre grise comme on en trouve un peu partout dans les villages de montagne aux alentours. Pour tout dire, elle te semble même être la copie conforme de celle où se rend chaque dimanche ta grand-mère pour assister à la messe. Une double porte en bois y donne accès sur le devant. Il y a aussi une porte plus discrète sur la façade de droite. Des statues de saints, reposant sur des tablettes en pierre, sont disposées à intervalles réguliers le long des quatre murs, à environ deux mètres du sol. Enfin, tu supposes qu'il s'agit de saints, car aucune sculpture n'est intacte : elles ont toutes... la tête tranchée. Tu distingues également plusieurs vitraux mais il n'y a pas assez de lumière pour voir ce qu'ils représentent. Quant au cimetière, il te fait penser au cimetière juif de Prague – même si tu n'y es jamais allé. Tu y trouves de simples croix de bois gravées d'un nom et de dates, mais surtout des pierres tombales enchevêtrées, toutes différentes, reposant sous de vieux chênes aux branches aussi crochues que les doigts d'une sorcière.

Ça y est... les cloches se sont arrêtées.

Tchac, tchac, tchac.

Ça, c'est le son répété qui te parvient du cimetière. En te concentrant, tu aperçois une silhouette, celle d'un homme tenant une pelle dans ses mains et qui a l'air de creuser un trou dans la terre meuble. Rien d'inédit dans un cimetière, non ? Il te semble que l'homme est bossu.

Un petit frisson naît sur ton échine et se diffuse jusqu'au sommet de ta tête. Cette vision a quelque chose de glaçant. Cependant, c'est le premier être humain que tu croises depuis ton arrivée à Pics-Jumeaux. Il pourrait donc te renseigner, et même t'aider.

Puisque tu te trouves à égale distance de la porte de l'église et de la petite grille entrouverte donnant accès aux tombes, tu hésites sur la conduite à tenir.

Vas-tu entrer dans l'église comme prévu ? Dans ce cas, c'est à la page 46 que ton aventure continue.

Ou bien préfères-tu changer tes plans et tenter de lier conversation avec le fossoyeur qui est en train de travailler ? C'est à la page 49.

15:05

Tu n'as jamais été friand des expressions toutes faites et des proverbes. Il n'y a peut-être que les imbéciles qui ne changent pas d'avis, mais cela peut aussi être imbécile d'en changer trop souvent. Puisque les cloches viennent de sonner et que tu as du mal à penser qu'un dispositif automatique en est responsable, c'est que le prêtre de la paroisse se trouve bien dans l'église. Tu vas pouvoir lui demander de l'aide.

Tu marches en direction de la double porte et tu choisis de pousser le battant de droite. Il s'ouvre dans un grincement long et strident qui évoque la manipulation du polystyrène. Particulièrement désagréable. Tu entres et tu sens alors une odeur d'encens, puis de myrrhe entêtante, qui te rappelle celle d'une rose fanée.

Comme tu n'es pas vraiment croyant, tu passes devant le bénitier rempli à ras bord sans faire de signe de croix, puis tu progresses vers l'autel en empruntant les bas-côtés. Cela te permet d'observer les vitraux d'un peu plus près. Ordinairement, ils représentent des scènes de la liturgie, le chemin de croix du Christ, par exemple. Mais là, étrangement, tu découvres sur chacune des mosaïques multicolores l'image d'un prêtre – toujours le même, avec sa longue barbiche rousse – brandissant un crucifix devant des créatures et des monstres tous plus hideux les uns que les autres. Des dragons, des vampires, des loups-garous, une bête à la tête humaine et au corps de requin... Ce n'est pas commun de trouver de telles figures enclavées dans les murs d'une église !

L'odeur d'encens est de plus en plus forte à mesure que tu t'approches de l'autel. Tu vas vers la sacristie, l'endroit où le prêtre entrepose les objets du culte, prépare la messe et passe le plus clair de son temps. Dans la nef, la partie centrale où sont rassemblés la centaine de chaises et de prie-Dieu, une fumée blanche stagne au niveau du sol.

Sur ta droite, une petite table ronde en fer recueille les photophores allumés par des croyants pour rendre hommage à un proche disparu ou demander une bénédiction. Un peu plus haut, de grands cierges sont enchâssés sur des pics en fer et brûlent ardemment. Tu lis une petite pancarte sur ta droite.

SAINT MERRIN VEILLE SUR NOTRE COMMUNAUTÉ. ALLUMEZ UNE FLAMME POUR TROUVER ESPOIR ET RÉCONFORT. OFFRANDE LIBRE.

Tu retiens un sourire. De l'espoir, il t'en faudrait pour que votre voiture redémarre. Allez... Et si tu allumais un cierge, à ton tour ? Ce n'est pas que tu y croies vraiment, mais on ne sait jamais, non ? Et puis, tu peux juste mettre une toute petite pièce en échange. À toi de voir...

Si tu décides de faire brûler une flamme apporteuse d'espoir, va à la page 54.

Si tu préfères ne pas te prêter au jeu, tu peux te diriger vers la porte de la sacristie que tu aperçois dans le chœur, à quelques mètres de toi, à la page 51.

17:10

Après tout, tu peux bien demander de l'aide à un fossoyeur plutôt qu'à un prêtre, non ? L'homme de la terre doit même être plus agile de ses mains que l'homme d'Église. Avec un peu de chance, il aura quelques notions en mécanique et pourra faire redémarrer la voiture.

Tu te faufiles dans le cimetière en direction du grand trou que le fossoyeur est en train de creuser. Sur ton chemin, tu notes que les dates et noms gravés sur les croix et les tombes sont illisibles. Ils n'ont pas été effacés par l'usure du temps ou les intempéries, non, mais sont comme brouillés, floutés par tu ne sais trop quoi... Une brume invisible ou... un sortilège ?

Le vent glacial s'est remis à souffler plus fort encore que tout à l'heure et agite les branches des grands chênes. Des feuilles se détachent et viennent se mêler à tes cheveux.

Tu arrives à un mètre de l'homme qui enlève une énième pelletée de terre en ahanant. Il a dû sentir ta présence car il se retourne.

– Ah ben tu tombes bien ! halète-t-il en appuyant son visage prognathe sur le manche de son outil.

Tu as la confirmation que le fossoyeur est bossu. Il n'est pas très grand, un mètre quarante à peine. Il a l'air dur, il est chauve et tu remarques que son œil droit se situe deux centimètres en dessous de son œil gauche, presque à la hauteur de ses narines épatées.

– Allez ! Prends la seconde pelle, là !

Il te désigne le bord du trou, sur la droite, où se trouve l'ustensile en question.

– Et viens donc m'aider ! Y a eu plusieurs décès au manoir la semaine dernière et j'ai du boulot comme jamais... Fais pas ton timide, viens !

Tu plisses les yeux. Tu étais venu demander de l'aide et c'est l'inverse qui va se produire. Enfin, si tu le décides. Car tu peux tout aussi bien refuser de répondre à l'appel du fossoyeur.

Quel est ton choix ?

Si tu saisis la pelle pour l'aider à creuser, va à la page 61.

Si tu préfères plutôt lui expliquer la raison de ta présence à Pics-Jumeaux, rends-toi à la page 57.

09:20

Tu juges idiot de perdre un temps précieux à allumer un cierge alors que la nuit va bientôt tomber et qu'il est absolument nécessaire que tu retrouves ta famille et parviennes à faire redémarrer la voiture. Déjà, ta soirée d'Halloween chez tes grands-parents est gâchée... Tu décides donc d'entrer dans le chœur de l'église et de pousser la porte de la sacristie. Et, comme tu le prévoyais, tu y trouves le prêtre qui vient de retirer sa chasuble : il est vêtu d'un chandail bleu et d'un jean. Il a les cheveux roux en pétard et une barbichette de la même couleur. La seule marque de son sacerdoce est un petit pin's en forme de croix qu'il porte sur le cœur.

– Mais ?... s'étonne-t-il.

Tu ne vas pas lui exposer un récit biblique, tu te présentes donc le plus rapidement possible.

– Oh, fait-il en t'adressant un joli et doux sourire, une brebis égarée... Voilà si longtemps que, moi, humble berger de Dieu, je n'en ai pas croisé dans mon pâturage de Pics-Jumeaux.

Il s'approche de toi, les mains grandes ouvertes.

– Ils ne t'ont pas fait de mal, j'espère ? demande-t-il.

Mais de qui parle-t-il ?

– As-tu faim ? As-tu soif ? Tu sais, j'ai d'autres denrées que des hosties et du vin de messe à te proposer, chère brebis...

Curieusement, cet homme à l'attitude somme toute étrange, un peu trop déférente à ton goût, te semble sincère et honnête. Ton instinct te pousse à lui faire confiance.

Tu lui exposes ton souci de voiture et il t'adresse aussitôt un clin d'œil. Puis, tu le vois aller farfouiller sous une table en bois. Il en revient avec une lourde sacoche de cuir tachée qu'il place en bandoulière.

– Sais-tu, jeune brebis, qu'avant de réparer les âmes, je réparais les carburateurs ?

Vous sortez ensemble de l'église et il t'explique sur le chemin qu'autrefois, il était garagiste, puis qu'il s'était converti et avait été désigné pour s'occuper de la paroisse de Pics-Jumeaux.

Quelle veine ! Et sans avoir à brûler de cierge !

Vous arrivez à proximité de la voiture où ton père et Judith t'attendent. Benjamin commence à te sermonner à propos de ta fuite mais il se calme lorsque tu lui apprends que le prêtre va vous dépanner.

– Quelle chance ! s'exclame ton père. Je suis allé au garage, mais j'ai été très mal reçu, je n'ai pas insisté... Tout comme à l'épicerie...

– Et moi, au manoir, ajoute Judith, ils ne m'ont même pas donné un verre d'eau.

– Tous des mécréants sans âme ! peste le prêtre en se glissant sous le capot avant de la voiture.

Dix minutes plus tard, vous roulez à nouveau en direction du village de tes grands-parents. Tu as remercié chaleureusement le prêtre. Sans son intervention, vous seriez restés bloqués une nuit entière à Pics-Jumeaux. Une perspective qui te glace le sang. Alors que là, en bombant un peu, tu vas même pouvoir aller frapper aux portes et quérir quelques bonbons...

00 : 00

Bravo ! Tu as réussi à quitter ce village maudit, dominé par ce manoir insensé où la mort rôde. Il existe bien d'autres façons d'y parvenir et de triompher de tous leurs dangers. Va à la page 16 si tu as assez de courage pour les vivre...

08:15

Tu sors une pièce de ta poche et la glisses dans la fente du tronc. Elle tombe en émettant un bruit de ferraille qui ne semble pas vouloir s'arrêter. Ta pièce tourne-t-elle dans un tronc vide ? Tu t'empares d'un cierge, le plus large que tu trouves, et tu fais pencher sa mèche encore recouverte de cire vers celle d'une bougie déjà allumée.

Elle s'enflamme vivement, presque comme s'il s'agissait d'un chalumeau : la flamme monte d'un mètre au moins. Par réflexe, tu bondis en arrière ; tu heurtes alors une rangée de chaises. Tu tentes de ne pas lâcher le cierge mais de la cire brûlante dégouline sur tes mains et tu reçois même une projection, particulièrement douloureuse, dans ton œil droit.

Tu hurles et tu ne peux plus rien faire d'autre que de laisser tomber ta bougie. Pour ce qui est de l'espoir et du réconfort, il faudra repasser...

Tu te relèves péniblement. Ton œil droit te fait atrocement mal. Mais c'est ce que tu observes avec le gauche qui te foudroie : le feu a pris violemment dans la nef, et des flammes d'au moins cinq mètres de haut brûlent les chaises et les charpentes, progressant à une vitesse folle. Comment est-ce possible ?

Un rire dément monte depuis l'autel.

Tu fonces vers la double porte pour t'échapper de cet enfer. Mais elle est verrouillée ! Quelqu'un l'a fermée dans ton dos. Les éclats de rire continuent alors que tu cherches une autre sortie.

Tu as de plus en plus de mal à respirer à cause de la fumée. Le feu prend si vite avec tout ce bois que tu peines bientôt à avancer dans cette fournaise. Il ne faut pas s'arrêter, sinon tu ne repartiras jamais...

Mais, face à une chapelle, tu ralentis ; cette hésitation est fatale. Un vitrail explose sous l'effet des flammes et le verre t'atteint en pleine figure, te jetant à terre. Le feu commence alors à te manger.

Nul besoin d'utiliser l'eau du bénitier pour tenter d'éteindre le brasier qui embrase tes vêtements et bientôt dévorera ta peau.

Tu ne peux que crier pour témoigner de cette vie encore présente en toi. Crier de douleur, de rage et d'impuissance.

00 : 00

Tu as perdu !

Jamais, même dans tes plus affreux cauchemars, tu n'aurais pensé vivre une telle fin et mourir aussi horriblement ! N'hésite pas à te rendre à la page 43 pour retenter ta chance et parvenir, cette fois, à quitter cet endroit maudit.

15:00

Tu n'esquisses pas le moindre pas pour saisir la seconde pelle sur le sol. Le fossoyeur plisse alors le front et de vraies crevasses s'y dessinent.

– Tu vas m'aider ou pas ? grogne le bossu.

Tu ne réponds pas et tu commences plutôt le récit de votre arrivée près du village et de la panne de votre voiture. Le fossoyeur secoue la tête de dépit et recommence à creuser seul. Est-ce qu'il t'écoute ? Tu n'en es pas véritablement certain. Il creuse et creuse encore, avec ardeur, envoyant de grandes pelletées de terre humide qui passent en sifflant au-dessus de toi.

Tu continues malgré tout ton récit et tu lui demandes s'il veut bien t'aider. Là, il s'arrête de creuser. Il sort du trou en prenant appui sur le bord et se plante en face de toi.

– Voici ma réponse, petit gars, dit-il.

Et il te balance un puissant coup de pelle sur la tête que tu n'as pas le temps d'esquisser. Tu es tellement sonné que tu ne peux rien faire d'autre que tituber en direction du trou... et t'y effondrer. Allongé sur le dos, tu tentes de recouvrer tes esprits.

Le fossoyeur est penché sur toi et ricane.

– Qu'est-ce que tu croyais ? Y a pas marqué « bon Samaritain » sur mon front, hein ?

Alors que ta vision se fait plus nette, tu aperçois un tunnel dans le fond du trou qui s'enfonce sous la terre. Cela pourrait être une bonne façon d'échapper à la colère grandissante du bossu.

– N'emprunte pas le tunnel, crache-t-il. Il va te conduire au manoir. Et c'est encore moins coton qu'ici, tu peux me croire...

Que fais-tu ? Il faut vite te décider.

Si tu t'échappes par le tunnel, va à la page 93 et prie pour qu'il ne te conduise pas vers de plus grands dangers.

Si tu préfères ne pas t'y aventurer, tu peux tenter de sortir du trou en te hissant. C'est à la page 59.

04:55

Tu ne crois plus en rien depuis ton arrivée à Pics-Jumeaux, et certainement pas en ta chance de survivre en empruntant un tunnel qui part d'une tombe fraîchement creusée dans un cimetière. Aussi décides-tu de te débrouiller afin de sortir du trou.

Tu te remets debout tandis que ta tête te fait souffrir le martyre. Tu as l'impression que des milliers de marteaux miniatures sont en train de pilonner ton cerveau.

Le fossoyeur rit comme une baleine en te voyant t'efforcer de t'agripper aux rebords meubles du trou.

– Tu n'y arriveras pas, fiston ! dit-il.

Tu finis par trouver une prise mais le type te file un grand coup de pelle sur les phalanges. Tu cries à nouveau et tu retombes au fond.

– Essaye encore ! se bidonne le fossoyeur après avoir bu au goulot d'une bouteille en verre une rasade d'un liquide rouge sirupeux.

Ta rage est telle que tu fouilles le sol pour déterrer une pierre. Tu saisis un gros caillou et tu vises la tête du bossu. *Bing !* En plein dans le mille. La bouteille explose et le fossoyeur s'écroule. Tu serres les poings. Tu vas réussir !

Tu parviens à te hisser hors du trou. Tu n'as même pas un regard vers le corps évanoui du bossu.

Mais ta respiration se bloque et ton cœur s'emballe : toutes les tombes du cimetière se sont ouvertes et des cadavres animés en sortent par dizaines. Les créatures te fixent un instant avant de se ruer sur toi en faisant claquer leurs dents pourries. Tu te demandes si tu n'aurais pas préféré mourir d'une crise cardiaque à cet instant, devant cette vision de cauchemar, plutôt que de bientôt sentir toutes ces mâchoires de squelettes et de zombies déchirer ta peau et déboîter tes os...

00 : 00

Tu as perdu !

Jamais, même dans tes plus affreux cauchemars, tu n'aurais pensé vivre une telle fin et mourir aussi horriblement ! N'hésite pas à te rendre à la page 43 pour retenter ta chance et parvenir, cette fois, à quitter cet endroit maudit.

09:20

Allez ! Il faut savoir s'entraider dans la vie, non ? C'est ainsi que l'on avance le plus rapidement et le plus sûrement dans toutes les circonstances. Fort de cet adage que tu as pu vérifier à maintes reprises, tu saisis la seconde pelle et tu commences à creuser.

Le bossu t'adresse un grand sourire. Tu peux ainsi voir ses dents qui sont étrangement blanches, étincelantes même, alors que l'endroit est fort sombre. Et le fossoyeur a l'air d'avoir encore toute sa denture. Il ne faut jamais se fier aux apparences, voilà un second adage à suivre. L'habit ne fait pas le moine, comme le fossoyeur ne fait pas la denture.

– C'est bien ! dit-il. Merci, mon jeune ami, je te revaudrai ça... Surtout, n'élargis pas le trou. Pas besoin. J'ai vu avec Rosie, l'épicière qui s'occupe de stocker les cercueils chez nous : y a de quoi en placer trois de front. Faut plutôt creuser en profondeur... Encore une trentaine de centimètres, au moins.

Le travail est franchement pénible, même dans cette terre meuble car humide, mais ta présence a donné du cœur à l'ouvrage au fossoyeur qui creuse à une vitesse folle. Aussi, il ne tarde pas à siffler la fin de votre labeur.

– C'est parfait, dit-il avant de déboucher une bouteille en verre qui traînait sur le sol.

Il boit un liquide rouge foncé, trop sirupeux pour être du vin... De la grenadine, alors ? Tu ne cherches pas à en savoir plus. Pendant que le fossoyeur se désaltère, tu lui racontes ta mésaventure familiale avec votre voiture.

– Allez ! Puisque tu m'as aidé, je suis pas chien, dit l'homme en s'essuyant la bouche avec le revers de sa chemise. Tu trouveras pas de garagiste à Pics-Jumeaux. Y en a bien un, mais c'est un taré. Je te conseille pas d'aller le voir...

Il farfouille dans sa poche, en sort un trousseau de clefs et te l'envoie sans prévenir.

– C'est les clefs de ma camionnette. Elle est garée derrière l'église, là-bas. Tu dois pas encore avoir ton permis mais dis à ton père qu'il peut me l'emprunter pour vous conduire chez ton pépé et ta mémé. On s'arrangera pour que je la récupère... Faut pas rater Halloween, tout de même, c'est la fête la plus importante de notre calendrier, et je suis bien placé pour le savoir...

Il te sourit à nouveau.

Fou de joie, tu le remercies avant de retourner vers la

route principale. Tu y croises ton père et ta sœur, revenus tous les deux bredouilles de leurs quêtes.

– C'est un village de fous, ici, souffle Benjamin.

Oui, mais toi, tu as une solution ! Tu leur montres le trousseau du fossoyeur. Ton père te félicite et ta sœur te prend même dans ses bras ! Vous trouvez sans peine la camionnette derrière l'église. La carrosserie ne semble plus tenir que par la peinture mais le réservoir est plein et... elle roule !

Sans attendre, vous laissez, sans la moindre once de nostalgie, le village de Pics-Jumeaux derrière vous.

00 : 00

Bravo ! Tu as réussi à quitter ce village maudit, dominé par ce manoir insensé où la mort rôde. Il existe bien d'autres façons d'y parvenir et de triompher de tous leurs dangers. Va à la page 16 si tu as assez de courage pour les vivre...

23:10

Ton raisonnement est simple : tu retrouves d'abord Judith pour lui dire que tu vas aller à la rencontre de ton père au village. Demander un verre d'eau devrait lui prendre à peine cinq minutes, peut-être même la croiseras-tu sur le chemin de graviers qui mène à la bâtisse. C'est limpide, non ?

Le manoir se situe sur un promontoire ; il domine ainsi la ville de toute son inquiétante grandeur. Il te rappelle celui de Norman Bates, dans le célèbre film *Psychose*, d'Alfred Hitchcock. C'est un bâtiment épais, aux murs sombres. Le rez-de-chaussée et les deux étages sont munis de hautes fenêtres à guillotine. Il y a une terrasse couverte à l'avant, ponctuée de colonnes de bois, et sur laquelle tu crois entrevoir une balancelle. Plus tu avances et plus tu peux distinguer les gargouilles accrochées aux gouttières, toutes aussi monstrueuses les unes que les autres. C'est un vrai panthéon de l'horreur : vampire, spectre, homme-singe, homme-poisson... Sur le toit, la fameuse girouette en forme de loup grince doucement sous le vent. Sinon, ce n'est que silence. Tu en viens même à te demander si ce manoir est encore habité et si ce n'est pas juste une ruine… et là, comme si une force invisible cherchait à te donner un indice, tu vois une lumière apparaître à une fenêtre du second étage. La silhouette maigre d'une vieille femme, coiffée d'un chignon, se dessine en ombre chinoise. Cela te fait frissonner.

Bon, aucune trace de Judith pour le moment. Peut-être est-elle sagement attablée dans la cuisine, invitée par la maîtresse ou le maître des lieux pour partager une citronnade et des biscuits.

Tu montes le petit escalier de pierre couvert de mousse qui te mène à la terrasse de bois. Des citrouilles d'Halloween ont été disposées de chaque côté des marches. La porte d'entrée n'est plus très loin. Mais il s'agit là d'une porte secondaire. D'ailleurs, en continuant un peu ton tour de l'édifice, tu t'aperçois qu'une plus grande porte, à doubles battants, se trouve à l'avant, face à la route principale de Pics-Jumeaux. Et qu'un bâtiment plus moderne est relié à l'arrière du manoir par une passerelle. Étrange.

Toi, tu étais arrivé sur le côté, peut-être par l'entrée des domestiques. Tu te demandes si le plus sage ne serait pas d'appeler ta sœur, puis tu te dis que rien ne sert d'ameuter tout le monde.

Tu vas donc frapper à la porte. Mais laquelle ?

La petite, sur le côté, la première que tu as découverte ? Si tel est ton choix, va à la page 67.

Si tu préfères carrément te signaler à la porte principale, rends-toi à la page 123.

20:05

Toc toc, frappons à la porte
De toutes les maisons
Mais attention !
La vieille sorcière Grignotte
Se cache quelque part
Avec son chat noir !

Cette comptine d'Halloween que t'avait apprise ta grand-mère lorsque tu avais cinq ans te revient en mémoire à cet instant précis.

Tu frappes une fois. Comme personne ne se manifeste, tu réessayes. Aucune réponse.

Tu ne te démontes pas et tu tentes de faire tourner la poignée. Elle s'actionne ; la porte s'ouvre. Tu te trouves dans un vestibule orné de très vieux meubles poussiéreux, et dont les murs sont recouverts de tapisseries rouge sang. Il y a un porte-parapluie sur ta droite. Curieusement, une tronçonneuse y figure au milieu des pébroques. Cela ne te dit rien qui vaille.

Tu appelles Judith, demandes s'il y a quelqu'un et, enfin,

tu entends des bruits de pas, une cavalcade dans un des escaliers qui montent vers les étages. Un type débarque alors devant toi. Il porte un masque en cuir rond qui recouvre son visage. Tu ne vois que ses yeux noirs qui brillent de démence dans l'obscurité de la pièce... et la hache de bûcheron qu'il tient dans ses deux mains.

Il se met à hurler en courant dans ta direction. Un dingue ! Tu dois réagir ! Mais où aller ?

Sur ta droite, il y a une porte ouverte et un escalier qui s'enfonce sous la terre ; ou bien sur ta gauche, tu peux filer dans un couloir où tu entends comme des bruits de cuisine.

Vite !

Si tu fonces dans la cuisine pour y trouver refuge, cours dans le couloir à la page 93.

Si tu préfères te ruer dans l'escalier qui descend à la cave, claquer et verrouiller la porte pour échapper à ton agresseur, file à la page 69.

12:30

Te voilà donc dans une cave. En bas de l'escalier, tu lis une petite plaque en fer clouée sur le mur qui annonce :

Manoir Harker. Vos vieux jours
ne vous auront jamais paru aussi jeunes.

Curieuse formule, non ? Que signifie-t-elle ? Tu n'as franchement ni le temps ni l'envie de la décoder. Il va te falloir trouver une manière de t'échapper de ce sous-sol. Est-ce que tu y croiseras Judith ? Tu n'en sais rien. Cela te fait frémir. Ce que tu espères, c'est tomber sur une porte de sortie, regagner la voiture, y retrouver ton père et ta sœur et que votre véhicule redémarre. En te concentrant, tu vois naître une lueur d'espoir dans ton esprit : une cave comporte, dans la quasi-totalité des cas, un accès par l'intérieur et une porte vers le jardin. Celle-ci ne devrait pas faire exception, mais tu vas devoir chercher : l'endroit est plongé dans l'obscurité et tu mets beaucoup de temps à trouver l'interrupteur à tâtons. Cela ne te sert à rien :

l'électricité ne fonctionne pas. La poisse ! Cependant, toujours à l'aveuglette, tu parviens à dénicher une petite lampe torche posée sur une commode. Tu avances dans le silence. Il semblerait que personne n'ait cherché à te suivre. Tant mieux.

Tu débouches alors dans une seconde salle que tu balayes rapidement avec le faisceau de ta lampe. Tu en déduis trois possibilités pour te diriger à partir de là.

Une pièce sur ta droite qui comporte une fenêtre où tu distingues les dernières lueurs du jour. Un moyen de sortie, donc.

Une porte sur laquelle sont dessinés une pelle et un râteau ; peut-être la remise du jardinier ? Cependant, il te semble entendre des bruits derrière cette issue, attention.

Enfin, un couloir plus sombre que jamais qui s'enfonce dans les entrailles de la cave.

Que vas-tu choisir ?

La pièce avec la fenêtre ? Va à la page 71.

La porte avec la pancarte figurant un râteau et une pelle ? Va à la page 73.

Ou bien le couloir ? Rends-toi à la page 75.

09:30

Tu souhaites sortir au plus vite de cet endroit et là, tu vois une issue. Il n'y a pas à chipoter, non ? C'est par cette fenêtre que tu vas t'extraire de la cave et regagner enfin la voiture. Nul besoin de chercher une porte. Et s'il te faut jouer les Hercule pour l'ouvrir, puis les contorsionnistes pour t'y faufiler, aucun problème, tu sauras faire.

Tu ne perds pas une seconde et tu files vers la fenêtre. La pièce où elle se trouve est vide, à l'exception d'une étagère remplie de dizaines d'encyclopédies du cinéma spécialisées dans l'horreur et le fantastique. Elles sont couvertes de poussière et de grandes toiles d'araignées les habillent de haut en bas. Peu importe.

Tu te places face à la fenêtre – qui n'a pas dû être ouverte depuis des années, à en juger la crasse sur les vitres et les encadrements. C'est un modèle à guillotine, c'est-à-dire qu'il va te falloir en lever la partie inférieure pour l'ouvrir et te glisser au-dehors. Tu te concentres et emmagasines de la force pour tenter une première fois de la soulever. Elle ne bouge pas d'un millimètre. Tu reprends ta respiration. Tes doigts sont noirs de suif. Tu t'apprêtes à faire une seconde tentative lorsque tu t'arrêtes net. Il t'a semblé entendre quelqu'un siffler un air dans ton dos... Tu fais volte-face, mais tu ne distingues rien. Tu es toujours seul.

Il faut te dépêcher : tu observes que les dernières lueurs du jour sont sur le point de disparaître...

Tu places alors toutes tes forces dans ce nouvel effort, et tu sens la partie inférieure de la fenêtre bouger ! Tu la soulèves de quelques millimètres, puis le reste vient. Une âpre conquête, centimètre par centimètre ; et, enfin, tu obtiens une ouverture suffisante. Tu vas pouvoir t'y faufiler ! Tu n'hésites pas une seule seconde. Tu as hâte de te trouver dans le jardin ! Ciao, la cave de ce fichu manoir...

Tu glisses ta tête en premier et c'est à cet instant que tu entends de nouveau le sifflement derrière toi. Puis un petit déclic.

Tu lèves la tête vers la partie supérieure de la fenêtre.

Attention, ça peut faire mal !

Va à la page 77 pour en comprendre la raison.

11:20

Tu imagines que dans la remise d'un jardinier, tu trouveras soit un accès au jardin, soit des outils qui te permettront d'ouvrir en force quelque issue, voire, en dernier recours, de te défendre.

Te voilà donc devant la porte arborant la petite pancarte. Par mesure de précaution, tu colles ton oreille droite contre le bois pour tenter d'en apprendre plus sur le tumulte qui provient de l'intérieur. Tu entends quelqu'un siffler la bande originale d'un film... *Les Dents de la mer*? Tu ne te souviens plus bien. Il y a aussi des bruits de pots qu'on entrechoque. Le jardinier?

Il n'y a qu'un seul moyen de le savoir. Tu hésites à frapper, mais tu penses qu'il serait plus intéressant de bénéficier d'un effet de surprise. Franchement, les gens n'ont pas l'air très nets, dans le coin.

Tu ouvres donc la porte d'un coup. Un homme, de dos, sursaute et se retourne aussitôt. Il tient un sécateur dans sa main droite.

– Z'êtes qui? susurre-t-il. Le livreur de boutures?

La pièce est éclairée. Les lames du sécateur scintillent à

la lumière de l'ampoule. Tu découvres le visage hideux du jardinier vêtu d'un tablier où est représentée une grosse citrouille qui verse des larmes de sang. Il a les yeux exorbités, les joues couvertes de larges cicatrices purulentes et sa barbe, qui atteint presque le sol, contient des mottes de terre, des racines et des feuilles.

Tu recules d'un pas. Tu as presque envie de vomir. La pièce sent un mélange épouvantable de sueur et de terre humide.

– Z'avez mes boutures de farfadelle ? demande à nouveau le jardinier en s'approchant de toi.

Que vas-tu lui répondre ?

« Oui, je les ai laissées à l'entrée de la cave » : cela te permettra d'y être conduit et de t'échapper. Va à la page 80.

« Non, mais écoutez-moi... » Et tu joues franc-jeu en lui racontant la véritable histoire de ta voiture en panne. Dans ce cas, rends-toi à la page 78.

11:00

Ni la fenêtre ni la remise ne te conviennent, et tes choix sont tout à fait respectables. Toi, ce que tu cherches, c'est une porte de sortie. Alors tu te fais une raison : tu vas devoir poursuivre ta quête dans les tréfonds du sous-sol de ce manoir. Car cette porte existe, tu n'en as aucun doute.

Tu tends donc ton bras pour placer ta torche bien en avant, afin que son faisceau éclaire toutes les parois du couloir. Il y a tellement de poussière sur le sol que tu as l'impression que les semelles de tes baskets s'y enfoncent. Sensation désagréable de te trouver dans des sables mouvants… Tu éternues plusieurs fois en tentant de faire le moins de bruit possible.

Tu finis par déboucher dans une nouvelle pièce. Celle-ci est éclairée par un petit néon qui clignote et émet, par saccades, une lumière blafarde. Il bourdonne également, comme si des insectes étaient coincés dans l'ampoule. La pièce sent atrocement le soufre. Tu observes que, quelques mètres plus loin, le couloir se divise en deux.

Tu entends des bruits de verre, de bouteilles, dans

le conduit de droite. Est-ce le chemin menant à la cave à vin ?

Rien, absolument rien. Un silence total dans le boyau de gauche.

Quel chemin vas-tu emprunter ?

Celui de droite. Marche dès lors prudemment jusqu'à la page 86.

Ou bien celui de gauche. C'est à la page 83 que tu dois te rendre.

04 : 10

Comment désigne-t-on ce genre de fenêtre, déjà ? Un modèle à guillotine, c'est bien cela. Il n'aura jamais aussi bien porté son nom... car tu t'aperçois qu'une lame de rasoir est fichée dans le bois de l'encadrement inférieur du battant du haut. Le petit déclic, c'est la fenêtre qui, comme par magie, descend toute seule très aisément. Comme un couperet.

La lame de rasoir tombe sur ton cou et te tranche immédiatement la tête. Celle-ci vient rouler dans le jardin et s'arrête ; tes yeux, qui regardent le manoir, ont le temps de voir ton buste s'affaisser à l'intérieur de la demeure, et d'observer le rictus de joie d'un homme qui a collé son affreux visage contre la fenêtre refermée.

00 : 00

Tu as perdu !

Jamais, même dans tes plus affreux cauchemars, tu n'aurais pensé vivre une telle fin et mourir aussi horriblement ! N'hésite pas à te rendre à la page 12 pour retenter ta chance et parvenir, cette fois, à quitter cet endroit maudit.

05:10

– Hein ? Quoi ? Qu'est-ce que tu me racontes là ? tonne le jardinier en bougeant ses bras dans tous les sens… et son sécateur avec.

Tu recules encore de quelques pas.

– Tu n'as pas mes boutures de farfadelle ? Je les attends pourtant depuis plus de dix ans et le magasin de jardinage m'a certifié hier que le livreur passerait aujourd'hui !

Bon. Tu n'aurais peut-être pas dû lui dire la vérité, car cela l'a mis très en colère et il n'a pas l'air de vouloir se calmer. Tu fais à nouveau entendre ta cause en lui demandant simplement de t'aider à sortir de la cave.

– Oui, oui, je la connais ton histoire, dit-il. C'est la même que celle que m'a racontée cette gamine qui te ressemble beaucoup et qui est passée me voir y a à peine dix minutes…

Judith !

– Je l'ai envoyée tailler les haies dans le fond du parc, ajoute-t-il avec un clin d'œil et en dévoilant des dents d'un noir absolu. Et tu vas aller la rejoindre, petit !

Il fait alors volte-face à une vitesse folle, se penche vers le sol et, lorsqu'il revient devant toi, il ne tient plus à la main un sécateur mais... une grande tronçonneuse. Il tire sur une poignée et le moteur à essence de l'engin se met à pétarader.

Derrière toi, la porte de la remise vient de claquer. C'est l'horreur absolue !

Le jardinier rit à gorge déployée. Littéralement. Car une énorme plaie ouverte, sur son cou, te donne une vue imprenable sur ses entrailles.

Ce qui se passe ensuite ? Es-tu certain d'en vouloir une description ? Lorsque les premiers maillons tranchants de la chaîne de tronçonneuse heurtent ton bras droit, c'est un véritable massacre qui commence.

00 : 00

Tu as perdu !

Jamais, même dans tes plus affreux cauchemars, tu n'aurais pensé vivre une telle fin et mourir aussi horriblement ! ***N'hésite pas à te rendre à la page 12 pour retenter ta chance et parvenir, cette fois, à quitter cet endroit maudit.***

03:55

Ce jardinier, au-delà de son aspect physique, te semble plutôt déstructuré mentalement parlant. Aussi penses-tu que ce n'est pas une bonne idée de lui dire la vérité au sujet de la voiture, mais qu'il vaut mieux le conforter dans son délire à propos de ses boutures de farfadelle. D'ailleurs, tu ne sais même pas si ces plantes existent bel et bien – ce n'est toutefois pas le sujet.

– Alors ? insiste l'homme.

Tu lui annonces fièrement qu'en effet, la cargaison est là, mais qu'elle est lourde et que tu as donc préféré la laisser à la porte de la cave. Le visage du jardinier s'illumine aussitôt d'un large sourire, dévoilant des dents d'une noirceur absolue.

– Le service n'est tout de même plus ce qu'il était, marmonne-t-il.

Tu le vois poser son sécateur sur le sol et quitter la pièce sans même faire attention à toi. Il va te mener vers la sortie ! Tu le suis dans un dédale souterrain de couloirs plongés dans l'obscurité. Heureusement qu'il te guide, tu n'aurais jamais pu trouver ton chemin seul. Tu traverses plusieurs salles couvertes de suif et de poussière. L'une sent affreusement mauvais, un mélange de soufre et de viande avariée. Puis vous finissez par arriver devant une petite porte en acier que l'homme déverrouille – un gros trousseau de clefs pend à sa ceinture.

– Tu vas me montrer où tu as osé abandonner mes farfadelles carnivores, dit-il. Et m'aider à les porter dans ma remise, fainéant !

Il peut toujours courir, ce dingue ! Dès qu'un souffle d'air frais te gifle le visage, tu bouscules l'homme et tu détales dans le jardin. Le jardinier, au sol, ne cherche pas à te suivre. Tu retrouves la direction du chemin de graviers et de la voiture, et tu entends qu'on crie ton nom : ce sont Judith et Benjamin qui se faisaient du mauvais sang à ton sujet, et qui t'ont aperçu galoper comme un dératé.

– Tu ne me croiras jamais, souffle ta sœur, tandis que tu tombes dans les bras de ton père.

Toi aussi, tu as de sacrés trucs à leur raconter... mais pour l'instant, il faut repartir. Ton père a obtenu l'aide d'un habitant de Pics-Jumeaux et le moteur redémarre enfin.

Il bombe comme un malade dans la rue principale du village pour laisser derrière vous ce lieu au plus vite.

00 : 00

Bravo ! Tu as réussi à quitter ce village maudit, dominé par ce manoir insensé où la mort rôde. Il existe bien d'autres façons d'y parvenir et de triompher de tous leurs dangers. Va à la page 12 si tu as assez de courage pour les vivre...

08:30

Pourquoi choisis-tu le silence plutôt que le bruit ? Tu n'en sais rien. Ce que tu cherches, c'est un moyen de sortir de cet endroit et de retrouver ta liberté.

Aussi empruntes-tu le couloir de gauche, qui te mène devant une porte en acier. Se pourrait-il que ce soit l'issue tant espérée vers l'extérieur ? En considérant l'architecture des lieux, tu n'y crois pas vraiment.

Est-elle fermée ? Non. L'ouvres-tu ? Oui. Tu entres alors dans une pièce qui offre un contraste incroyablement saisissant avec tout ce que tu as pu découvrir jusque-là !

La salle, aux parois d'acier, est remplie d'ordinateurs, de grands serveurs informatiques et de projecteurs. Des câbles multicolores courent sur le plancher et le long des murs. Cela clignote partout et un bruit ronronnant de ventilateurs rompt avec le silence d'avant.

C'est une véritable débauche technologique qui se trouve face à toi.

Alors, évidemment, tu te demandes pourquoi. Quelle est la raison de la présence de tous ces serveurs dans la cave d'un vieux manoir ? Au cœur d'un petit village de montagne ? Tu aimerais obtenir une réponse rapide à ces interrogations légitimes. Et peut-être en obtiendras-tu une...

En attendant, tu te concentres. Ton attention est en éveil. Tous les muscles de ton corps se bandent. Tu entends des bruits de pas venir dans ta direction... Un adolescent surgit au détour d'une allée.

Tu reçois un uppercut à l'esprit.

Tu es en apnée.

Cet adolescent, c'est... TOI !

Mais non, ce n'est pas possible ! Ça ne peut pas être toi... Un sosie, alors ? Pourtant, l'adolescent qui marche dans ta direction est bien ton portrait craché. En plus, il porte les mêmes vêtements que toi !

Tu parviens à dire un mot, à balbutier une phrase, une question, mais ton jumeau est maintenant à un mètre... Il passe devant toi, et tu penses d'abord qu'il va filer droit vers la sortie, mais il se ravise aussitôt... et se colle dans ton dos pour te faire une clef de bras ! Pris par surprise, tu tombes et tu sens ta propre masse t'écraser. Le plus terrifiant, peut-être, c'est que ton sosie ne dit pas un mot et qu'il reste totalement impassible durant la manœuvre.

Tu lui demandes d'arrêter mais, tout au contraire, il plaque ton visage contre le carrelage froid et accentue la pression de son bras sur ta gorge. Il cherche à t'étouffer, aucun doute possible !

Il va te falloir prendre une décision. Et vite !

Si tu jettes toutes tes forces dans la bataille, que tu te débats pour tenter de le renverser et de reprendre le dessus, rends-toi à la page 91.

Si tu penses que sa prise est trop assurée et que la manœuvre ne donnera rien, utilise plutôt la parole et argumente pour le convaincre d'arrêter, même si tu vas bientôt manquer de souffle. Si tel est ton choix, va à la page 88.

03:55

Est-ce parce que, à l'instar de ta sœur Judith, tu commences à avoir sacrément soif que tu choisis de suivre le bruit des bouteilles qui s'entrechoquent ? Tu l'ignores. Pour l'instant, tu prends tes décisions à l'instinct, l'action doit primer. Il ne te reste en vérité que peu de temps pour sortir de ce manoir car, une fois la nuit tombée, le diable seul sait dans quelles ténèbres tu devras te débattre !

C'est donc d'un pas assuré que tu entres dans la prochaine pièce. Tu avais vu juste : c'est bien la cave à vin du manoir. Et tu n'es pas seul en ce lieu. Une femme vêtue d'une robe grise, d'une effarante maigreur, et dont l'épaisse chevelure rouge dégouline le long de son corps, est en train de ranger des bouteilles dans des casiers. La réserve est impressionnante, elle doit en contenir plus de mille !

La sommelière ne semble pas avoir remarqué ta présence. Comme il n'y a pas d'issue à cette pièce, tu es obligé de lui demander de l'aide. Tu décides d'aller lui tapoter l'épaule plutôt que de l'appeler.

À l'instant où tu l'effleures, la femme fait volte-face et tu retiens un cri : elle n'a pas de visage ! Sa tête est en réalité un crâne ! Pas de peau, ni de muscles, ni d'yeux ! Un simple crâne nu, des os ! Misère !

Tu aurais pu trouver une façon de hurler ton effroi si la sommelière-squelette t'en avait laissé le temps. Mais, surprise, elle a le réflexe de te planter un tire-bouchon dans la tempe droite – évidemment, cela te vrille le cerveau tout entier. La douleur est insoutenable. Néanmoins, la dame est charitable : elle l'enfonce complètement et tu perçois l'hélice en fer percer ta boîte crânienne et entrer, comme dans du beurre, dans ta matière grise.

Dernière sensation avant que ta conscience s'éteigne à jamais.

00 : 00

Tu as perdu !

Jamais, même dans tes plus affreux cauchemars, tu n'aurais pensé vivre une telle fin et mourir aussi horriblement ! N'hésite pas à te rendre à la page 12 pour retenter ta chance et parvenir, cette fois, à quitter cet endroit maudit.

02:10

Une pensée comme une fulgurance : ça ne sert à rien de se débattre. « Il » aura toujours le dessus, tu as réagi trop tard. Ton instinct, dès lors, te dicte de ne rien tenter physiquement mais plutôt de parlementer. Tu lui demandes son identité, ce qu'il fait ici... Tu n'obtiens aucune réponse et tu imagines que ton double garde son visage calme et impassible. Le même que le tien lorsque tu te sais sûr de ton fait, de ta réussite à venir. C'est glaçant... Pourtant, il y a un truc à comprendre, forcément... Ces ordinateurs... ce jumeau... ces câbles... ces projecteurs... Et si tout cela n'était qu'une illusion ? Et si tu te trouvais dans une sorte de laboratoire ultramoderne spécialisé dans les effets spéciaux ? Ce serait un peu dingue, certes, de trouver un tel labo dans un vieux manoir de haute montagne, mais tu n'es plus à une anomalie près, non ? Tu ne sais rien de ce village, peut-être est-il rempli de fous de cinéma qui opèrent ici incognito ? Il t'aurait fallu suivre une autre voie pour en apprendre davantage.

Mais là... les projecteurs, surtout ! Tu te rappelles avoir lu un article dans un journal scientifique qui traitait d'une entreprise japonaise ayant créé des hologrammes tactiles. Et si ton double était un... hologramme ?

Il faudrait tenter le tout pour le tout et débrancher ce bazar ! Si tu pouvais juste te déplacer de trente centimètres et arracher les câbles électriques gris qui traînent sur le sol...

Allez ! C'est le moment de donner un coup de collier. Tu grappilles du terrain au prix d'efforts titanesques. Tes poumons commencent à te brûler car ton agresseur a raffermi sa prise sur ton cou. Mais tu y es, et, d'un geste sec, tu débranches le serveur.

Tu entends un *zip !* puissant et toutes les lumières s'éteignent. La salle est plongée dans l'obscurité, mais le plus important est là : tu ne ressens plus aucune gêne respiratoire. Plus personne ne te tient ! Tu avais vu juste : c'était un hologramme ! Tu es libre !

Tu sors aussitôt de cette pièce de cauchemar et, après avoir traversé deux autres salles souterraines au pas de course, tu trouves enfin la porte qui mène au jardin. Tu l'ouvres et tu tombes sur Judith, ta sœur, qui s'écroule dans les bras.

– Faut se tirer d'ici, souffle-t-elle. Ce manoir est un véritable asile d'aliénés !

Tu ne vas pas la démentir. Vous courez donc vers la

voiture ; votre père a repris place derrière le volant, le moteur ronfle ! Vous allez pouvoir redémarrer !

Tant mieux. Pics-Jumeaux ne vaut vraiment pas le détour, et c'est peu de l'écrire !

00 : 00

Bravo ! Tu as réussi à quitter ce village maudit, dominé par ce manoir insensé où la mort rôde. Il existe bien d'autres façons d'y parvenir et de triompher de tous leurs dangers. Va à la page 12 si tu as assez de courage pour les vivre...

02:45

Tu ne vas tout de même pas laisser cette « créature » t'étrangler sans réagir ! Alors tu te débats de toutes tes forces. Tu envoies des coups de pied et des coups de poing en direction de ton agresseur, tu le touches, mais sans le désarçonner. En réalité, tu as l'impression que plus tu luttes, plus sa prise est puissante sur ta gorge. Comme s'il s'appropriait l'énergie que tu déploies, comme si elle passait de toi à lui par un fluide invisible.

Hélas, tes forces faiblissent. Tu as bientôt du mal à happer de l'oxygène. Tes poumons brûlent. Ta trachée-artère et ta pomme d'Adam broyées, sous la pression du bras ennemi, irradient la douleur dans ton corps tout entier.

C'est fini, tu le sens bien. Tu arrêtes tout. Il a gagné.

Et le pire, peut-être, c'est que tu vas mourir sans avoir obtenu de réponse sur cette salle bardée d'informatique et sur la présence de ce sosie meurtrier... Mais qui est-il donc ??

Atroce !

00 : 00

Tu as perdu !

Jamais, même dans tes plus affreux cauchemars, tu n'aurais pensé vivre une telle fin et mourir aussi horriblement ! N'hésite pas à te rendre à la page 12 pour retenter ta chance et parvenir, cette fois, à quitter cet endroit maudit.

13:55

Si tu avais pu imaginer avoir affaire à de tels tarés, tu serais resté tranquillement près de la voiture à attendre ton père et ta sœur. Enfin, c'est un peu tard pour te reprocher quoi que ce soit, non ? Tu te trouves à présent dans le manoir qui domine la ville et il te faut échapper à ses multiples dangers, en sortir, et repartir vite fait bien fait de Pics-Jumeaux. Tu t'engages à toute allure dans le couloir. Tu perçois des crépitements, des bruits de friture et de casseroles qui s'élèvent au bout du corridor : la cuisine, donc. Mais il y a aussi deux portes plus proches, deux pièces dans lesquelles tu pourrais sûrement t'enfermer pour esquiver ton agresseur... et prendre le temps de réfléchir. Une bibliothèque sur ta droite, et ce qui te semble être une buanderie sur ta gauche.

Choisis ! Mais vite...

Si tu fonces vers la cuisine, va à la page 94.

Si tu te précipites dans la bibliothèque, va à la page 97.

Si tu préfères te réfugier dans la buanderie du manoir, va à la page 101.

13:15

C'est la pièce au-devant de toi, qui te tend les bras depuis ton arrivée dans le couloir ; autant t'y jeter, non ? Et tu entends des bruits, il y aura forcément quelqu'un pour te filer un coup de main, te défendre ou t'indiquer comment sortir d'ici. Enfin, si tu ne tombes pas sur un nouveau taré…

Tu fonces donc dans cette direction, sans même un regard vers la buanderie ou la bibliothèque. Il sera toujours temps de t'y réfugier plus tard.

Dès que tu te retrouves sur le carrelage de la cuisine, tu claques la porte et la verrouilles.

– Nom de Dieu ! hurle une voix dans ton dos.

C'est le cuisinier. Il est vêtu d'un tablier blanc, d'une longue toque, et il est énorme. On doit pouvoir mesurer un mètre cinquante de graisse entre le bout de son nez et celui de son nombril. Tu le vois se dandiner vers toi en slalomant entre les consoles. Il porte un plat où remue une sorte de gelée multicolore parsemée de morceaux sanguinolents – des abats, très probablement.

– C'est à cette heure-ci que tu arrives ! tonne le cuisinier en lançant des éclairs de rage de ses petits yeux noirs noyés dans les bourrelets de son visage. Mais dépêche-toi de t'habiller, bougre de fainéant ! J'ai déjà servi les amuse-bouches. Tiens, voilà l'entrée...

Mais... il imagine que tu es le nouveau serveur du manoir, ma parole ! Tu ne sais pas trop encore comment réagir, alors tu prends l'infâme plat gélatineux en main.

Le cuisinier tourne les talons et tu le suis. La pièce est équipée de plans de travail et d'instruments que tu juges fort modernes, en comparaison avec la vétusté du hall et le caractère gothique global du manoir. Les résidents doivent aimer la bonne ripaille. Enfin, la bonne ripaille, rien n'est moins sûr. Sur des morceaux de viande putride, des centaines de mouches butinent en silence. Des bocaux sont alignés un peu plus loin. Dans une cuisine ordinaire, ils contiendraient des épices ou des pâtes. Là, tu y découvres avec dégoût des bestioles encore vivantes qui s'escaladent, cherchant à s'enfuir : vers, scarabées, sauterelles, araignées... Il y a aussi des fruits éventrés noircis par la pourriture et des légumes verdâtres d'où émane une atroce odeur de fumier.

La cuisine de l'horreur.

– Ta tenue de serveur est là-bas ! dit le cuisinier en

désignant une alcôve de son doigt qui ressemble à s'y méprendre à un boudin blanc avarié.

Que vas-tu décider ?

Répondre à la demande du chef cuisinier, aller vite te changer et apporter les plats aux convives dans la salle à manger attenante ? Va alors à la page 103.

Ou bien refuser sa proposition et insister afin qu'il t'aide à sortir du manoir ? Rends-toi à la page 106.

13:10

Est-ce une décision liée à ta passion pour la lecture ? Ou bien seulement parce que la porte de la bibliothèque est plus large et plus proche que les deux autres ? Tu n'en sais rien, mais tu te jettes dans la pièce, tu claques la porte et la verrouilles. En y collant ton oreille, tu constates que personne ne te poursuit. Tu as écarté un premier danger.

Reste à sortir d'ici. Un rapide coup d'œil t'informe qu'a priori, il n'y a pas d'autre issue. Tu as tout de même quelques instants pour l'examiner plus attentivement. Les quatre murs sont tapissés de livres du sol au plafond. Des ouvrages épais aux couvertures craquelées de cuir rouge, vert, bleu, et tu en passes. Il y a une petite échelle en acajou posée contre une des étagères pour accéder aux volumes en hauteur. Au milieu de la pièce se trouvent plusieurs fauteuils qui te paraissent bien confortables, ainsi qu'une mappemonde contenant des bouteilles d'alcool et une grosse boîte à cigares. Il y a bien une fenêtre à double vantail qui donne sur le jardin où le crépuscule se forme, mais tu constates qu'elle est solidement verrouillée.

– Hé !

Tu fais volte-face. Mais d'où peut bien provenir cette voix ? Il n'y a personne !

– Hé, toi !

Tu cherches, tu cherches... Y a-t-il un haut-parleur dissimulé quelque part ?

– Hé, toi, tu vas bientôt mourir... Regarde le plafond... À moins que tu ne découvres le passage secret, hi, hi, hi ! Mais il te faudra d'abord trouver le grand livre violet...

Tu lèves les yeux et... horreur ! Le *plafond* est en train de descendre, centimètre par centimètre, paisiblement, mais sûrement... en émettant un bruit très faible de crémaillère. Il épargne les étagères de livres rangées contre le mur, mais toi, il ne t'épargnera pas ! Tu risques de finir écrasé si tu ne réagis pas... Ton père et ta sœur te retrouveront mort sur le sol, ton corps aussi fin qu'une feuille de papier !

– Trouve le grand livre violet, répète la voix avant de rire à nouveau.

Tu cherches, tu te concentres pour repérer cette couleur inédite parmi les volumes... Voyons... devant toi, à ta droite... Ah, ça y est ! Près des encyclopédies, là ! Tu t'empares de l'échelle et tu la places de façon à accéder au livre violet. Il était moins une, le plafond allait bientôt t'en empêcher. Tu sautes sur le sol tandis que le mécanisme broie le plus haut degré de l'échelle. Tu feuillettes l'ouvrage et tu t'aperçois que c'est une édition originale du fameux roman de Bram Stoker, *Dracula*. Mais il va te servir à quoi ? À passer le temps avant que le plafond te réduise en bouillie ?

Non ! Tu ne tardes pas à comprendre. Il y a une feuille volante au milieu du roman.

Voici ce que tu peux y lire :

Avis au prisonnier de la bibliothèque !

Il existe un passage secret qui te permettra de t'échapper et de ne pas finir en bouillie sur le parquet. Pour cela, il va falloir te servir de tes méninges. J'espère pour toi que tu en as, et de bonnes.
Voici une liste d'objets et de composants que l'on peut acheter à l'auberge de Bistritz, en Transylvanie, le dernier refuge avant de se rendre au château du comte Dracula. Additionne la valeur en pièces des objets et composants que le célèbre vampire ne craindra ***PAS***. Tu auras alors une chance de terminer la journée vivant.

Un gallon d'eau bénite	5 P.O.
Un crucifix	10 P.O.

Un billet de train de nuit Paris-Bucarest	8 P.O.
Ail (six gousses)	3 P.O.
Une balle en argent	15 P.O.
Une poche de sang de type O +	15 P.O.
Une Bible expliquée aux enfants	1 P.O.
Un cercueil confortable (merisier massif)	35 P.O.
Un pieu en aubépine de Serbie	4 P.O.
Un miroir cerclé d'argent	150 P.O.
Un bébé chauve-souris (nourriture non fournie)	35 P.O.

Tu dois trouver la solution de cette énigme. Et vite ! Car dans trente secondes tout au plus, le plafond te chatouillera les cheveux. Tu pourras toujours t'accroupir et même t'allonger pour gagner du temps, mais tu dois trouver le nombre exact !

Rends-toi à la page correspondant à la solution ou bien...

... ou bien espère seulement que tu auras perdu toute conscience lorsque le lourd plafond t'aplatira le corps, et que tu n'entendras pas tes os se faire broyer les uns après les autres...

13:20

Pourquoi avoir opté pour la buanderie ? Il est toujours compliqué, dans ces moments d'urgence, de prendre la meilleure décision. On prend le plus souvent la « moins pire ». C'est une fois sauvé, au repos, qu'on peut réfléchir à ses choix.

Alors ? La buanderie parce que tu penses qu'il existe forcément une issue vers le jardin, vers un fil à linge tendu où le personnel du manoir fait sécher les draps ? Possible, oui... En attendant, tu bondis dans la pièce et tu claques brutalement la porte derrière toi. Il y a deux verrous, un en haut, un en bas, que tu actionnes aussitôt.

Tu entends des coups sur la porte. L'autre n'abdique pas, il est toujours à ta poursuite...

Bang, bang, bang !

Il cogne fort, des salves violentes. Par réflexe, tu colles ton dos à la porte pour offrir une résistance de plus. Tu attends... Les coups se raréfient... avant de disparaître totalement. Ouf. Tu peux souffler un peu. Enfin... un tout petit peu, en réalité.

Car pendant que tu résistais contre la porte, tu as pu voir ce qui se tramait dans la buanderie. Et franchement, tu n'y as trouvé aucune source de réconfort. Au contraire, tu as découvert une scène des plus inquiétantes. Un vieil homme au crâne lustré, vêtu d'un costume de majordome – à queue-de-pie –, est en train de sortir des draps d'une très grande machine à laver à tambour. Le linge est sec ; une fois qu'il a extrait un drap de la machine, l'homme l'envoie en l'air en criant un prénom. Jusqu'ici, presque rien de spécial. C'est quand le drap refuse de retomber au sol et qu'il s'arrête à mi-distance, formant une silhouette humaine en tissu, que tu te dis que tu es réellement chez les fous. On dirait que le majordome habille... des fantômes ! Des esprits !

Toi, tu tentes justement de les recouvrer, tes esprits... lorsque le majordome se tourne vers toi et t'interpelle :

– Ah, jeune homme ! Vous tombez bien !

Il s'exprime avec un curieux accent des pays de l'Est.

– Un drap s'est coincé dans le fond du tambour... Celui appartenant à M. Jon. Seriez-vous assez aimable pour m'aider à le récupérer ? J'ai grand-peur que mes rhumatismes m'interdisent d'entrer dans le tambour. Une telle acrobatie pourrait être fatale à ma lombalgie...

Tu ne sais que répondre...

Si tu décides d'aider le majordome, dirige-toi vers la machine à laver, à la page 114.

Si tu préfères décliner, fais-le poliment à la page 111.

08:05

Ton instinct te souffle de ne pas contrarier le cuisinier. L'homme n'a franchement pas l'air commode et avec les kyrielles de couteaux aiguisés alignés ici et là, mieux vaut faire profil bas et obéir à ses ordres. Et puis, qui sait ? Tu trouveras peut-être une sortie dans la salle à manger. En règle générale, dans une habitation digne de ce nom, il y a de grandes fenêtres donnant sur l'extérieur, ou même une porte dans cette pièce de vie centrale.

Tu files donc t'habiller. Tu revêts un costume blanc de serveur ainsi qu'une cravate dont le nœud, heureusement, est déjà fait. Cependant, tu gardes tes baskets blanches : tu en auras besoin s'il faut t'enfuir en courant.

– Dépêche-toi, graine de feignasse ! hurle le cuisinier tandis que tu enfiles la veste. Ma gélatine va commencer à fondre et les résidents vont me le reprocher !

Tu fais au plus vite et tu prends la direction de la salle à manger en portant à bonne distance de ton nez le plat qui a franchement l'air immangeable – du coup, tu fais en sorte de ne pas le regarder non plus.

Tu empruntes un petit bout de couloir où sont accrochées

des affiches de films de science-fiction et tu débarques enfin dans la salle à manger. Une douzaine de convives sont réunis autour d'une longue table dressée. L'endroit est luxueux. Un grand lustre en cristal éclaire le lieu des agapes.

La première de tes observations, c'est qu'il y a bien une sortie vers le jardin, car tu distingues une lune gibbeuse à travers les carreaux sales d'une double porte-fenêtre qui est fermée, mais pas forcément verrouillée.

Ta seconde observation, c'est... Judith, ta sœur ! Elle est là, attablée avec les autres ! Elle t'aperçoit et tu lis sur son visage une terreur comme tu ne lui en as jamais vu. Elle t'adresse un regard implorant, mais n'esquisse pas le moindre signe. C'est alors que tu découvres l'état des convives. Judith est coincée entre un homme qui a la tête coupée en deux en son milieu et une femme dont les bras sont dépourvus de peau.

– Oh, un nouveau ! s'exclame une dame sur ta droite.

Elle a un trou, large comme une balle de tennis, au milieu du front... que l'on retrouve à l'arrière de son crâne transpercé. Tu retiens un haut-le-cœur à grand-peine.

Les autres invités semblent à peu près ordinaires, mais tu te doutes qu'ils doivent bien cacher quelque chose de terrible. Ah oui, il y a aussi un petit homme gris, à la tête boursouflée et aux yeux lisses qui occupent la moitié de son front. Une créature qui n'a rien d'humain... qui vient d'une autre planète ? Un extraterrestre ? Mais où avez-vous débarqué, avec Judith, en entrant dans ce manoir ?

– Oh, mais ce jeune garçon est tout aussi ravissant et semble tout aussi sympathique que cette jeune fille ! continue la dame. D'ailleurs, vous ne trouvez pas qu'ils ont presque un air de famille ?

La créature étrange, en approuvant de sa grosse tête, est entraînée par son poids qui la fait basculer vers la table et briser une assiette en porcelaine.

– Et s'il se joignait à nous pour déguster notre gelée royale aux abats de pangolin ? Il pourra nous raconter ce qui se passe dans ce monde extérieur que nous avons tous décidé de quitter... Qu'en pensez-vous ?

Plusieurs convives se montrent très heureux à cette perspective et s'expriment à l'aide de divers gargouillements. Judith remue la tête pour t'en dissuader mais elle n'esquisse aucun autre geste.

Si tu choisis d'accepter l'invitation, viens t'asseoir à la place désignée par la femme au front troué, juste en face de Judith, à la page 120.

Si tu préfères décliner – poliment – la proposition et réfléchir à une manière de t'échapper par la porte-fenêtre, va à la page 117.

06:40

Il se méprend, le cuisinier... Tu n'as pas une seconde à perdre, tu ne vas pas devenir le loufiat de service et te ravager l'estomac rien qu'en transportant ces plats absolument immondes. De fait, tu te plantes devant lui, tu lui recolles son plateau dans les mains et tu déclares qu'il n'en est pas question, que tu veux t'en aller immédiatement.

– Quoi ça ? éructe l'obèse en dodelinant.

Sa fureur est telle devant ton refus que tu vois sa tête et son corps se mettre à fumer comme s'il se trouvait sur un gril de barbecue. Il devient rouge, rouge à faire peur.

– Tu... veux... partir ? bégaye-t-il.

Oui, et sur-le-champ. Tu lui redis la chose avec le plus de détermination possible dans la voix. Et, étrangement, l'homme se calme. La température de son corps descend. La colère l'a quitté et, sans l'atroce odeur de porc grillé flottant autour de son auguste personne, tu pourrais croire qu'il n'est jamais sorti de ses gonds.

– Bien, bien... susurre-t-il, si tu veux partir, je ne te retiens pas, après tout... Je demanderai à l'agence de m'envoyer un nouveau serveur… plus courageux que toi…

À la bonne heure ! Tu lui as fait entendre raison.

– La sortie est là, annonce-t-il en désignant une petite porte d'aspect moderne découpée dans le mur, non loin de toi.

Tu t'y rues sans attendre, tu l'ouvres… Ce n'est pas une sortie, mais la chambre froide où il stocke ses denrées pourtant pourries !

Tu veux refermer la porte, mais c'est trop tard ! Le cuisinier t'a coincé avec son ventre. Il te donne un coup d'estomac pour te faire entrer dans la chambre glaciale ; tu trébuches contre un cageot contenant des escalopes de tu-ne-sais-trop-quoi, congelées avec leurs mouches, et tu t'étales sur le sol.

– Fait pas assez froid ici, ricane le fou en claquant la porte. Je vais baisser encore un peu la température, c'est toujours meilleur pour la conservation de la viande…

Tu entends son rire étouffé depuis la cuisine.

Tu as beau tambouriner, hurler à t'en déchirer les cordes vocales, rien n'y fait. Et, à moins vingt degrés, tu ne vas pas tarder à t'éteindre, frappé d'hypothermie. Le froid va endormir ton organisme, ton cœur va tenter de lutter, mais il va ralentir, puis arrêter une à une toutes

tes fonctions vitales. Une fin qui te glace le sang, littéralement.

00 : 00

Tu as perdu !

Jamais, même dans tes plus affreux cauchemars, tu n'aurais pensé vivre une telle fin et mourir aussi horriblement ! N'hésite pas à te rendre à la page 12 pour retenter ta chance et parvenir, cette fois, à quitter cet endroit maudit.

07:10

Un billet de train de nuit Paris-Bucarest	8 P.O.
Une balle en argent	15 P.O.
Une poche de sang de type O +	15 P.O.
Une Bible expliquée aux enfants	1 P.O.
Un cercueil confortable (merisier massif)	35 P.O.
Un bébé chauve-souris (nourriture non fournie)	35 P.O.
TOTAL	10 P.O.

Bravo ! Tu as trouvé la solution de l'énigme ! Il y avait peut-être un piège avec la balle en argent, réservée pour occire les loups-garous, et la Bible, mais tu n'es pas tombé dedans ! Tu exprimes clairement, tout haut, le nombre 109 et, aussitôt, la voix reprend du service.

– Hum, c'est la bonne réponse, annonce-t-elle, presque contrariée.

Elle n'a plus le goût de rire. Une promesse est une

promesse et, même si le plafond ne stoppe pas sa descente, tu entends un bruit de roulis dans ton dos qui te fait sursauter. Une des bibliothèques vient de coulisser, dévoilant les premières marches d'un escalier qui s'enfonce sous le plancher. Tu n'hésites pas à l'emprunter et, à peine une minute plus tard, tu te retrouves dans un nouveau tunnel en terre. En le suivant, tu finis par déboucher dans une petite clairière... tout près de votre voiture !

Tu as réussi à t'échapper du manoir ! Et du village, alors ?

Ton père et ta sœur font les cent pas. Tu cries en courant vers eux.

– Tu étais où ?? hurle Benjamin.

Tu promets de le leur expliquer, mais plus tard, car tu constates qu'ils n'ont qu'une envie : partir de Pics-Jumeaux le plus rapidement possible – tout comme toi. La voiture redémarre, il s'agissait juste de changer une bougie.

Ciao, Pics-Jumeaux ! On ne te regrettera pas...

00 : 00

Bravo ! Tu as réussi à quitter ce village maudit, dominé par ce manoir insensé où la mort rôde. Il existe bien d'autres façons d'y parvenir et de triompher de tous leurs dangers. Va à la page 12 si tu as assez de courage pour les vivre...

05:30

Cela ne te dit trop rien d'entrer dans le tambour de cette immense machine et d'être ainsi à la merci du majordome. Qui sait ? Il est peut-être aussi taré que semblent l'être les habitants de Pics-Jumeaux... Bref, tu préfères décliner.

Le majordome lâche un grand soupir, dépité.

– Cela est bien dommage, dit-il. Mais, au fait, c'est la première fois que je vous vois dans les couloirs du manoir... Lequel de nos pensionnaires allez-vous visiter ? Vous êtes de sa famille ?

Des pensionnaires ? Donc le manoir est bien habité. Tu décides de jouer franc-jeu avec le majordome que tu juges, au fond, digne de confiance. Il a tout de l'employé déférent et honnête. Tu lui avoues que tu es entré ici par erreur, comme ta sœur un peu plus tôt, et que tu ignores tout de ce lieu.

– Mais oui... Je me disais bien que vous aviez un air de famille avec... Julie, c'est cela ? Ou bien Judith ? Bref, je ne m'en souviens plus. Je lui ai servi un verre d'eau tout à l'heure, un verre d'eau claire, pas empoisonnée, n'est-ce pas… Et puis elle est repartie. Voulez-vous qu'un de nos pensionnaires vous conduise vers la sortie ?

Tu balbuties que oui, ce serait formidable, et le majordome désigne alors Mlle Rose. Un drap s'anime devant toi et prend la direction d'une porte qui se situe au fond de la pièce. C'est… un fantôme qui va te raccompagner vers la voiture !

– Bonne journée, jeune homme. Et au plaisir de vous revoir au « Manoir Halloween », la seule et unique maison de retraite au monde réservé aux anciens techniciens des effets spéciaux du cinéma.

Là, tout s'éclaire dans ton esprit ! Ce fantôme qui flâne dans la maison, c'est un effet spécial, et pas un véritable esprit !

Voilà, Mlle Rose te mène au jardin et exécute une courbette avant de rebrousser chemin. Tu cours à toute vitesse vers la voiture où tu as hâte de faire le récit de ton aventure à ton père et à ta sœur. Ils sont là, et ils t'attendent.

– Une seconde ! dit ton père tandis qu'il change une bougie d'allumage. Déjà, tu n'aurais pas dû t'éloigner…

Le moteur redémarre, le problème est réglé !

Tu vas pouvoir tout leur raconter sur le chemin vers la maison de tes grands-parents. Et, avec un peu de chance, tu arriveras même à l'heure pour fêter Halloween !

00 : 00

Bravo ! Tu as réussi à quitter ce village maudit, dominé par ce manoir insensé où la mort rôde. Il existe bien d'autres façons d'y parvenir et de triompher de tous leurs dangers. *Va à la page 12 si tu as assez de courage pour les vivre...*

04:55

Le majordome t'a demandé si gentiment de l'aider au sujet de ce drap coincé que tu te vois mal le lui refuser, surtout qu'il semble très âgé. Et puis, avec ce service rendu, l'employé du manoir sera sûrement plus enclin à te raccompagner vers la sortie, voire jusqu'à la voiture.

Tu lui dis donc que tu vas faire au mieux. Il te lance un sourire ravi.

– À la bonne heure ! s'enthousiasme-t-il.

Tu t'accroupis devant la machine à laver. Elle est immense, tu pourrais entrer dedans ! Le drap est juste là, devant toi, un grand drap blanc roulé en boule dont un des coins est bloqué dans le tambour. Tu te penches le plus possible en gardant tout de même, par mesure de sûreté, tes pieds au sol. Mais cela n'est pas suffisant et tu dois les décoller. Funeste erreur.

Tu sens les mains du majordome saisir tes chevilles et te pousser violemment vers l'avant ; tu atterris en vrac dans le tambour et le vieil homme claque aussitôt la porte. Tu es prisonnier à l'intérieur de la machine ! Tu te débrouilles pour changer de sens et coller ta tête au hublot. Tu tapes, tu frappes, tu ordonnes qu'on t'ouvre. Mais le majordome, avec tous ses fantômes autour de lui, te regarde avec tendresse, son grand sourire toujours aux lèvres. Et tu le vois tendre son bras vers le panneau de commande de la machine.

Non ! Il ne va pas déclencher un cycle de lavage, tout de même... Tout, mais pas ça !

– Coton à 90°, c'est bien le moins, dit-il à ses fantômes qui se trémoussent de rire. Les jeunes d'aujourd'hui se salissent beaucoup...

Sa vieille voix te parvient de façon étouffée tandis que tu sens de l'eau tiède couler sur ta tête et dégouliner le long de ton visage.

Vas-tu mourir noyé, brûlé par l'eau à 90°, empoisonné par la lessive ou bien à cause d'une fracture du crâne consécutive à l'essorage à grande vitesse du tambour ? Les paris sont ouverts. C'est le médecin légiste qui le dira après ton autopsie. Enfin, si tu y as droit et que la petite troupe formée du majordome et des fantômes ne t'enterre pas dans un coin du jardin, ni vu ni connu.

En attendant, le majordome te souhaite un bon tour de manège. Et tu le vois rire à gorge déployée.

00 : 00

Tu as perdu !

Jamais, même dans tes plus affreux cauchemars, tu n'aurais pensé vivre une telle fin et mourir aussi horriblement ! N'hésite pas à te rendre à la page 12 pour retenter ta chance et parvenir, cette fois, à quitter cet endroit maudit.

04:10

Tu n'as jamais été d'un tempérament suicidaire et ce n'est certainement pas à cet instant de ton aventure que tu vas basculer dans cet état d'esprit. Tu dois plutôt te montrer ferme et trouver un moyen d'ouvrir cette fichue porte-fenêtre, pour ensuite prendre ta sœur par la main et foncer en direction du jardin.

Tu déposes donc le plat sans ménagement au milieu de la table et tu lâches un « Non » franc et massif.

– Ce n'est pas très urbain, dit alors la dame.

Des grommellements se font entendre dans l'assemblée.

– La jeunesse d'aujourd'hui ne vaut plus tripette ! siffle un convive.

Lorsqu'il parle, c'est une langue de serpent qui sort de sa bouche.

Le petit homme gris lève alors un de ses très longs doigts dans ta direction. Un rayon jaune en sort et vient te frapper en pleine tête. Tu veux reculer, hisser ta main vers ton visage pour te protéger mais... tu es paralysé ! Tu ne peux plus faire le moindre geste ! Il récidive avec Judith que tu observes, immobile sur son siège. Elle non plus ne peut plus bouger du tout ! C'est particulièrement flippant…

Alors la dame qui préside le dîner, semble-t-il, s'empare d'une clochette qu'elle fait tinter à plusieurs reprises. Tu vois le cuisinier accourir, son ventre énorme ballottant devant lui avec de gros bruits d'éponge.

– Terence, dit-elle, vous serez bien aimable de vous occuper de ces deux jeunes gens fort impolis au demeurant… Arnold les a neutralisés, vous ne risquez rien.

Le cuisinier approuve avant de demander :

– Vous avez une préférence ?

– Oui, continue la dame. Vos fameuses lasagnes. Elles sont très digestes avec de la viande humaine. Seulement, ne forcez pas sur le basilic et hachez finement les courgettes. Et puis évitez l'ail pour Mina, évidemment…

Dommage que le rayon du type gris ne vous ait pas fait perdre l'ouïe et le toucher. Car entendre ce qui va vous arriver est particulièrement atroce. Tout comme ce moment où l'obèse se saisit de vous pour vous précipiter dans son hachoir géant.

Si tu avais pu penser un seul instant terminer ton existence dans les estomacs d'un banquet de tarés…

00 : 00

Tu as perdu !

Jamais, même dans tes plus affreux cauchemars, tu n'aurais pensé vivre une telle fin et mourir aussi horriblement ! N'hésite pas à te rendre à la page 12 pour retenter ta chance et parvenir, cette fois, à quitter cet endroit maudit.

04:10

Mieux vaut ne pas contrarier cette assemblée de dingues, non ? Personne ne peut savoir – et toi, encore moins – de quoi ils sont capables si on les contrarie. Tu prends donc place sur l'unique chaise vide autour de la table et tu déposes devant toi le plat gélatineux qui s'agite tout seul, comme s'il était possédé par le diable en personne.

– Oui, commence la vieille dame, nous n'avons que peu d'informations sur la vie à l'extérieur depuis que nous nous sommes retirés dans notre maison de retraite...

Tu notes cela dans ton esprit. Le manoir est donc une maison de retraite.

– Elle s'appelle le « Manoir Halloween », continue votre interlocutrice, décidément bavarde, c'est de circonstance, n'est-ce pas ? Quel doux nom qui frémit à nos oreilles, à nous autres, pensionnaires, tous retraités de l'industrie du cinéma... Nous qui avons œuvré durant tout le XXe siècle sur les plateaux du monde entier pour faire frissonner les spectateurs grâce à nos effets spéciaux plus vrais que nature...

Tu es en train de comprendre ! En fait, les convives ne sont pas réellement aussi horribles que ce que tu penses... Ils sont déguisés ! Ils s'amusent ! Ils se replongent dans leur boulot de techniciens et créateurs d'effets spéciaux pour le cinéma. Judith a compris, elle aussi, et vous échangez un regard... soulagé.

Alors tu décides de te lancer dans la conversation et de te montrer aimable face à cette assemblée. Tu te forces même à goûter une cuillère de l'infâme gelée que tu ne trouves, au fond, pas si ignoble que cela.

Tu leur parles des derniers films que tu as vus au cinéma, surtout ceux d'épouvante, et Judith embraye sur ceux de science-fiction. Les retraités sont aux anges et vous applaudissent avec chaleur à la fin de vos récits.

C'est à ce moment-là que tu joues franc-jeu et que tu déclares, après avoir regardé ta montre, qu'il est l'heure pour vous de partir.

– Mais oui, dit la dame au front troué, pas de souci, nous allons vous ouvrir...

La femme-squelette se lève et déverrouille la double porte-fenêtre. Après un bref salut d'adieu, vous courez dans le jardin, guidés par le pâle éclat de la lune.

Trois minutes plus tard, vous retrouvez votre voiture. Votre père est là, occupé, la tête sous le capot avec un homme – probablement le garagiste. Et vous arrivez pile à l'instant où le moteur repart !

– Voilà le travail, lance le technicien en vous gratifiant tous d'un sourire. Je vous souhaite une bonne route depuis notre doux village de Pics-Jumeaux !

– On a des choses à te raconter, souffle Judith à Benjamin.

Votre père approuve. Oui, vous le ferez pendant l'heure de trajet qu'il vous reste pour rallier la maison de tes grands-parents. Avec un peu de chance, tu arriveras même à l'heure pour récolter quelques bonbons !

00 : 00

Bravo ! Tu as réussi à quitter ce village maudit, dominé par ce manoir insensé où la mort rôde. Il existe bien d'autres façons d'y parvenir et de triompher de tous leurs dangers. Va à la page 12 si tu as assez de courage pour les vivre...

20:00

L'attitude la plus honnête, selon toi, la plus droite, c'est bien d'aller sonner à la porte principale, celle où doivent se présenter les visiteurs. Le mieux est de ne pas te faire remarquer. De plus, connaissant Judith, tu te dis qu'elle a aussi emprunté l'entrée principale. Ta sœur n'est pas le genre d'adolescente à tenter le diable.

Tu contournes donc le manoir et tu te plantes devant la double porte, sur laquelle figure une plaque de cuivre. Tu peux y lire, à moitié effacé : MANOIR HALLOWEEN. Point de bouton de sonnette mais une corde que tu tires pour actionner des grelots qui résonnent étrangement dans le crépuscule. Est-ce le hurlement d'un loup que tu entends, au loin ? Comme rien ne se passe, tu tentes de conserver ton calme en détaillant les deux grosses citrouilles situées de part et d'autre du seuil.

La nuit va bientôt tomber. Dans vingt minutes, tout au plus, la montagne tout entière et Pics-Jumeaux en particulier seront plongés dans les ténèbres.

Tu agites les clochettes à nouveau. Étrange, que personne ne vienne à ta rencontre. Y compris Judith. Cela fait cinq minutes à peine qu'elle est partie dans cette direction pour demander un verre d'eau.

Mais tu te raidis aussi sec : les deux portes s'ouvrent dans un long grincement et te voilà face au hall du manoir, qui est désert. Ton premier réflexe est d'appeler ta sœur, mais tu n'obtiens aucune réponse.

Alors tu entres. L'endroit a certainement été luxueux dans le temps, il y a de belles tapisseries aux murs, les meubles ont tous des dorures et un grand lustre en cristal se trouve juste au-dessus de toi. Mais, à présent, tout est recouvert d'une couche de poussière d'au moins deux ou trois centimètres. À chacun de tes pas, des moutons volent dans tous les sens. Tout à coup, tu perçois un mouvement depuis une porte ouverte, sur ta droite. Une femme en sort, vêtue d'un tailleur noir. Elle porte un tablier et une coiffe blanche et s'incline vers toi.

– Monsieur désire ? demande-t-elle d'une voix très rauque.

Lorsqu'elle se relève, tu ne peux retenir un cri. Son visage est couturé de partout ! Pas un seul centimètre carré de sa peau n'est épargné par les cicatrices, refermées à la va-vite avec de gros fils de couleur. À la va-vite, car tu aperçois des aiguilles qui ont servi à suturer encore plantées dans les joues et le front de la femme de chambre.

– Que puis-je pour Monsieur ? reprend-elle, sans s'offusquer le moins du monde de ton cri.

Tu n'oses pas lui demander si elle a croisé Judith. Cette vision de cauchemar fait monter en toi une terrible nausée. Il faut que tu fuies, qu'elle soit loin de toi, et vite ! De l'air, de l'air ! Tu hésites à faire demi-tour, à ressortir du manoir, mais les portes se sont refermées. Par où vas-tu aller ?

Un grand escalier en colimaçon se trouve à quelques mètres et semble donner accès aux étages. Mais il y a aussi la possibilité de continuer au rez-de-chaussée pour tenter de rejoindre la cuisine, où Judith s'est certainement fait servir un verre d'eau.

Prends une décision avant de t'effondrer de terreur ! Alors...

L'escalier ? Va à la page 126.

Ou bien la fuite au rez-de-chaussée ? C'est à la page 160.

18:00

Si la femme de chambre a les jambes dans le même état que son visage, elle ne risque pas d'être en mesure de te poursuivre à l'étage. Aussi optes-tu pour l'escalier. Tu y cours sans demander ton reste et gravis les marches par volées de trois. Tu tournes, tu tournes. Les marches en bois hurlent sous chacun de tes pas mais tu n'en as cure.

Te voilà au premier étage. Cela sent encore plus la poussière et le vieux bois qu'au rez-de-chaussée. Que vas-tu faire, à présent ? N'es-tu pas en train de te constituer prisonnier du manoir en montant te réfugier en son sommet ?

Tu veux emprunter le couloir mais un cri t'en empêche. C'est le cri d'une jeune femme et il provient d'une des pièces – une chambre, très certainement – qui se trouvent devant toi. Judith ? Oh non, tu ne l'espères pas… Mais dans quel lieu de dingues as-tu mis les pieds ? Qui habite ce manoir ? Le cri te fait rebrousser chemin, et puisque tu ne veux plus croiser la domestique au rez-de-chaussée, tu continues de monter et tu te retrouves bientôt au deuxième et dernier étage.

Ta respiration est hachée, tu es essoufflé et la poussière n'arrange rien. Tu marques une petite pause, accoudé à la rambarde de l'escalier. Un autre couloir, identique à celui du premier étage, s'ouvre devant toi. Sur ses murs de tissu rouge sont accrochés des tableaux : des portraits de vieilles femmes et de vieux hommes, des notables, de puissants personnages, aux visages menaçants. Il y a aussi celui d'un chien, un caniche blanc aux longs crocs peint en gros plan.

De grands chandeliers allumés sont posés à intervalles réguliers sur de petites commodes. Quel lieu lugubre !

Il y a donc ce couloir sur ta droite ou bien, sur ta gauche, un palier où se trouvent deux portes. Sur l'une d'elles, tu lis « Bureau de la direction ». Sur l'autre, « Salle de cinéma ».

Tu as donc trois choix possibles pour continuer ton chemin.

Le couloir et ses nombreuses portes. Va à la page 130.

Le bureau de la direction, où tu pourras peut-être en apprendre plus sur le manoir. C'est à la page 128.

La salle de cinéma, lieu singulier. Rends-toi à la page 131.

Dépêche-toi, car tu entends des pas qui montent dans ta direction !

15:00

S'il y a un endroit dans ce mystérieux manoir où tu peux trouver de l'aide, c'est bien le bureau de la direction. Le directeur – ou la directrice – comprendra bien la situation et pourra t'orienter au mieux afin de retrouver Judith, et que vous puissiez rejoindre ton père à la voiture. S'il souhaite par ailleurs te donner des explications à propos des affreuses sutures de la domestique au rez-de-chaussée, ce sera du bonus.

Tu frappes donc à cette porte et, puisque personne ne te répond, tu décides de tourner la poignée et d'entrer.

Le petit bureau est plongé dans la pénombre. Apparemment, la pièce est vide. Tu tentes de trouver un interrupteur près du chambranle mais il n'y en a pas. Tu avances quand même. L'endroit sera seulement éclairé par le rai de lumière provenant du couloir. C'est un bureau standard, avec de grands casiers gris qui doivent contenir les documents administratifs du manoir. Des photographies d'hommes et de femmes souriant, posant à côté de monstres et de créatures toutes plus horribles les unes que les autres, attirent ton regard. Elles sont dédicacées à

« Roberta, celle qui prend tellement soin de nous ». Qui est Roberta ?

Enfin, bureau standard… c'était peut-être un constat trop rapide. Car, çà et là, dans des étagères vitrées fixées aux murs, tu distingues des objets pour le moins insolites : des masques terrifiants, une tronçonneuse, des couteaux couverts de taches carmin, des os et des crânes… Ce n'est pas franchement étrange, tout ça ? En progressant un peu plus dans l'obscurité, tu aperçois une autre porte.

– C'est toi ?

La petite voix chevrotante te fait sursauter. Une ombre sort de sous le bureau.

– C'est bien toi ?

C'est Judith ! Ta sœur se jette dans tes bras.

– Oh ! que je suis heureuse de te voir ! J'ai si peur…

Sur ce point, tu ne vas pas la rassurer spécialement. Tu es très angoissé, toi aussi.

Soudain, vous entendez un fracas provenant de l'entrée ! Vous filez droit en direction de la porte opposée.

Rendez-vous à la page 133.

15:10

Les deux portes ne te disent rien qui vaille. Qui sait ce qu'elles cachent véritablement... Les inscriptions te semblent bien trompeuses dans ce lieu où le danger est là, latent, à flotter tout autour de toi... Tu optes donc pour le couloir et ses portraits hideux – que tu t'efforces de ne pas regarder. Les portes devant lesquelles tu passes possèdent toutes un numéro gravé dans le bois et peint en rouge brillant. On dirait des numéros de chambre... Le manoir serait-il un hôtel ? Tu ne vas pas tarder à le savoir, non ?

Tu entends des bruits derrière la porte n° 237 et la n° 13 – les numéros sont distribués de manière totalement anarchique.

Tu vas devoir en choisir une. Comme pour hâter ta décision, un courant d'air glacial souffle dans ta direction et éteint d'un seul coup toutes les bougies. Te voilà plongé dans l'obscurité la plus complète.

Où vas-tu trouver de la lumière ?

Dans la chambre 237 ? C'est à la page 137.

Ou dans la chambre 13 ? Direction la page 140.

15:00

Tu as toujours aimé regarder des films et, pour toi, une salle de cinéma est un endroit réconfortant. Aussi décides-tu d'y entrer pour progresser dans ta découverte du manoir. Le lieu est vide et plongé dans l'obscurité. Heureusement, un rai de lumière provenant du couloir t'éclaire un peu. Des affiches de films, tous d'horreur ou de science-fiction, sont disposées sur les murs. *Les Dents de la Mer*, *Evil Dead*, *Halloween*, *Shining*, *Brain Dead*, *Le Blob*... tu en passes et des meilleures. Tu distingues le grand écran blanc devant toi et six rangées de fauteuils rouges. Ils sont tous vides, sauf un. Tu y découvres une chevelure rousse que tu reconnais aussitôt : c'est celle de Judith, ta sœur ! Tu n'hésites pas une seule seconde à l'appeler tout en courant dans sa direction. Ta sœur se retourne, elle a reconnu ta voix ! Elle se lève, fonce vers toi et tombe dans tes bras.

– Je croyais bien, souffle-t-elle, que la séance n'allait jamais commencer...

De quoi parle-t-elle ? Tu lui trouves le visage halluciné, ravagé par l'angoisse... Mais vous n'allez pas rester là à discourir. La porte par laquelle tu étais entré vient de claquer. Le noir est à présent absolu.

– Viens ! dit Judith. J'ai repéré une issue de secours à la droite de l'écran...

Vous avancez à tâtons tandis que le projecteur se met à en marche. Une lumière vive éclaire l'écran, sans image, seulement une lumière en flashs répétés qui vous brûlent les yeux.

L'issue de secours est là. Vous poussez la porte ! Rendez-vous à la page 133.

10:00

– Entrez, entrez donc, mes enfants...

Une voix de femme vous accueille dans une vaste pièce en soupente, au sol de bois couvert de poussière. Le grenier du manoir, à n'en pas douter. Au-dessus de vos têtes, vous distinguez de larges poutres apparentes où sont pendues des centaines de chauves-souris. Tu tiens Judith par la main pour avancer.

– Votre présence en ce lieu m'éclaire, dit la femme tout en allumant une bougie.

Vous faites quelques pas dans sa direction et la voyez enfin. Elle est grande, blonde et élégante, elle a une quarantaine d'années ; elle est vêtue d'une robe en laine rouge, son visage est sobrement maquillé et elle porte de grosses boucles d'oreilles en forme de... crânes humains.

– Elle m'éclaire car elle prouve que le manoir n'est pas assez bien surveillé, voilà tout. Il va falloir y remédier... Mais je fais fi de toutes les convenances, je ne me suis même pas présentée... Je suis Roberta, la directrice de la maison de retraite le « Manoir Halloween ».

Une maison de retraite ? Vous échangez un regard interrogateur avec ta sœur.

– Elle a été créée l'année où ce terrible virus mortel s'est abattu sur la planète... Vous devez vous souvenir de cette période funeste, n'est-ce pas ? Mes pensionnaires sont tous des retraités de l'industrie du cinéma, des techniciens des effets spéciaux. Ils se faisaient un sang d'encre à l'idée d'être contaminés... Il y a un paradoxe à cela, ne trouvez-vous pas ? Tous sont devenus riches à force de montrer la mort à l'écran, et ils la craignent plus que le commun des mortels... Bref. Ils ont mandaté leur caisse de retraite afin de dénicher un endroit paisible où le virus ne sévissait pas. Or, Pics-Jumeaux est le seul patelin sur la planète où la maladie n'a fait aucune victime, vous étiez au courant ? Personne ne sait réellement pourquoi... Peut-être l'air des montagnes nous protège-t-il ? J'ai donc racheté ce manoir abandonné et j'en ai fait le havre de paix que souhaitaient tous les retraités : un endroit retiré du monde où ils pourraient continuer à vivre heureux et à tenter leurs expérimentations cinématographiques. Dans le manoir même, mais aussi autour de l'église et dans le village.

Judith et toi, vous commencez à comprendre pourquoi cet endroit vous a paru si étrange dès votre arrivée.

– Cela étant, dit Roberta, ce n'est pas une raison pour que vous repartiez de ce manoir sains et saufs, et donc à même de divulguer notre secret aux alentours...

– Alors pourquoi vous nous dites tout ça? demande Judith, fort à propos.

C'est vrai. Pourquoi Roberta vous a-t-elle tenu ce discours de vérité? Pourquoi toutes ces explications?

La directrice hausse les épaules.

– Parce que je voulais vous féliciter d'être arrivés jusqu'ici sans avoir perdu la vie d'une manière ou d'une autre... d'une crise cardiaque... morts de peur... ou d'une façon bien plus douloureuse...

Ta sœur et toi effectuez un mouvement de recul. Est-ce que Roberta entend à présent vous supprimer? Allez-vous ressortir du manoir en une seule pièce? La réalité est plus complexe; la directrice ne tarde pas à vous l'apprendre.

– Vous allez jouer votre vie à quitte ou double. Ce n'est pas la roulette russe, comme certains de mes pensionnaires aiment à la pratiquer après une bonne partie de bridge, mais c'est tout comme...

Elle tend son bras qui tient le chandelier et la lumière éclaire une toute petite porte qui perce un des murs du grenier.

– Venez, suivez-moi. Si vous remportez ce défi, je vous laisserai la vie sauve ; mais dans le cas contraire...

Roberta ne peut s'empêcher de lâcher un rire guttural, aux accents maléfiques.

Vous n'avez, Judith et toi, d'autre choix que de vous courber pour passer la porte et suivre la directrice vers ***la page 143.***

12:20

Pourquoi la chambre 237 plutôt que la 13 ? À vrai dire, tu n'en sais rien ! Peut-être parce que tu préfères ce nombre à l'autre ? Peu importe d'ailleurs, et c'est avec espoir que tu frappes à la porte.

– Qui va là ? tonne une voix grave.

Tu ne réponds rien mais la porte s'ouvre tout de même, alors tu entres. La pièce te fait penser à une chambre d'hôtel – lit, bureau, table. Oui, quoique décorée avec plus de soin, notamment avec des dizaines de photos encadrées posées sur les murs et sur les meubles. Tu t'apprêtes à rencontrer son occupant et à lui dire une partie de la vérité pour demander de l'aide. Cependant, tu ne distingues personne. Pas âme qui vive. Tu as pourtant bien entendu la voix grave... quelqu'un t'a ouvert...

Soudain, tes yeux ébahis découvrent quelque chose d'encore plus incroyable : des objets sont en train de se déplacer tout seuls ! Oui, c'est complètement dingue ! Tu vois une tasse de café fumante sur la table de nuit s'élever à la hauteur de l'oreiller posé sur le lit, se pencher, et le café, au lieu de couler sur le drap, disparaît de la tasse comme si on l'avait bu. Puis tu vois le drap se défroisser et des pas s'enfoncer dans la moquette. Un courant d'air te gifle le visage. Le peigne sur la table basse commence à voler dans l'air et à décrire les gestes de quelqu'un qui se coiffe. Mais personne ne semble le tenir !

– Alors ? interroge la voix. Qui es-tu donc ?

Tu parviens à balbutier ton prénom et tu demandes, en retour, à qui tu as affaire.

– Mais je suis L'Homme Invisible, voyons... J'ai simplement enlevé mes bandelettes. Elles sèchent dans la salle de bains... Tu n'avais pas deviné ?

Non ! Ça n'existe pas, les hommes invisibles, à part dans les romans et les films ! Ton cœur se serre dans ta poitrine, tu as une violente montée de nausée.

– Je suis L'Homme Invisible... reprend la voix en ricanant.

Un tiroir de la commode s'ouvre et la lame rutilante d'un couteau commence à danser dans l'air en s'approchant de toi. Tu recules d'un pas.

– ... et je vais te tuer ! hurle la voix.

Tu dois réagir !

Si tu saisis le vase en porcelaine qui se trouve sur la commode à ta gauche pour tenter d'assommer la créature, va à la page 145.

Si tu préfères essayer de fuir en direction de la salle de bains pour t'y enfermer, rends-toi à la page 147.

Mais, par pitié, choisis vite !

12:10

Le nombre 13 ne te fait pas peur. Tu n'es pas superstitieux de nature alors tu frappes à la porte sur laquelle ce numéro est inscrit. Une voix fluette te dit d'entrer. Tu actionnes la poignée et tu te retrouves dans une chambre intégralement rose. Des tentures sur les murs aux couvertures du lit. Une très vieille dame est assise dans un gros fauteuil de cuir… rose. Elle porte une robe de chambre de la même couleur. Sur sa tête, des bigoudis frisent ses cheveux.

– Entrez… Entrez… Oh, que je suis contente d'avoir un peu de visite…

Elle te fait signe d'approcher et de t'installer dans le fauteuil situé en face du sien. Une très forte odeur d'animal imprègne l'endroit ; tu comprends pourquoi lorsque tu découvres une vingtaine de chats qui déambulent sans se soucier de toi dans les pièces de ce petit appartement.

La porte claque dans ton dos.

Quel âge peut-elle bien avoir, cette vieille dame à la peau totalement parcheminée ? Peut-être est-elle centenaire ?

– J'aime mes chats plus que tout au monde, dit-elle de sa voix chevrotante, mais les conversations me manquent et, dans mon état, je ne puis guère descendre prendre mes repas ou bien jouer avec les autres pensionnaires...

« Pensionnaires » ? Le Manoir Halloween serait une maison de retraite ? C'est bien possible. Mais alors très particulière, et pas franchement bien tenue.

Tu décides d'aller t'asseoir face à elle, comme elle t'y a invité. Elle semble avenante, gentille même, cette vieille dame. Inoffensive. Tu vas pouvoir solliciter son aide. Vous engagez la conversation et elle te demande des nouvelles du dehors.

– Alors ? Le virus mortel a été éradiqué ? Je sais que les jeunes comme toi ne vous en souciez guère, car il ne frappait que les vieilles personnes dans mon genre... C'est pour cette raison que je me suis réfugiée ici... Sais-tu que Pics-Jumeaux est le seul endroit dans le monde qui n'a compté aucune victime du virus ?

Non, tu l'ignorais. Mais enfin, cette épidémie, c'est de l'histoire ancienne. Et il y a l'air d'avoir d'autres sacrés problèmes dans ce village de montagne... La conversation continue mais toi, tu as hâte d'apprendre ce qui est arrivé à Judith. Tu interroges la vieille dame, mais elle secoue la tête négativement, elle n'a pas croisé ta sœur. Plusieurs bigoudis se détachent. Tu lui demandes alors s'il existe une façon de quitter le manoir, depuis l'étage.

– Oh oui, dit-elle. Il y a un escalier au fond du couloir qui mène à la serre d'hiver où vous trouverez une porte vers le jardin. Je peux vous prêter ma clef, si vous le souhaitez ! Mais avant cela, j'aimerais bien que vous vous occupiez de mes chats... Oh, ce n'est pas bien difficile : il faut aller dans la réserve, là-bas, près de la salle de bains, et leur ouvrir quelques boîtes de pâtée...

Elle se penche vers toi et te fait un joli sourire.

– Si vous acceptez, jeune homme, je vous prêterai ma clef avec joie...

C'est à toi de choisir.

Si tu accèdes à la requête de ton interlocutrice, dirige-toi vers les boîtes de conserve en te rendant à la page 152.

Si, pour une raison ou une autre – par exemple si tu n'aimes pas les chats –, tu préfères botter en touche, va à la page 149 élaborer une nouvelle stratégie.

05:00

Votre vision est-elle bien réelle ou êtes-vous victimes d'une hallucination ? Vous ne vous étiez jamais serré la main aussi fort, vous deux, le frère et la sœur, avant de découvrir cette scène : trois squelettes assis à même le sol de cette autre soupente du grenier, trois squelettes agitant à tour de rôle un petit gobelet noir contenant trois dés en ivoire... ou en os humains, libre à vous de penser ce qui vous terrifie le moins.

Effet spécial bluffant ou bien réalité ? Obtiendrez-vous un jour la réponse ?

– Ça va être à votre tour, les enfants, dit la directrice. Ce jeu, inventé par Greta, Michka et Aliocha, mes trois pensionnaires ici présents, est très simple. Il s'agit de ne jamais faire avec les trois dés un chiffre supérieur ou égal au nombre d'os que comprend le corps humain divisé par treize, et arrondi à l'inférieur. Pour vous donner un petit indice avant que ce ne soit votre tour, notre corps compte deux cent six os. Alors ? Vous être prêts ?

Ce jeu est complètement débile mais vous êtes bien obligés d'y jouer. Un des squelettes – Aliocha, d'après

Roberta – tend le gobelet à Judith pour qu'elle lance les dés. Tu te prépares à réfléchir le plus rapidement possible pour tenter de remporter la partie. C'est la seule manière de sortir de ce manoir vivant, selon la directrice. Et là encore, elle dit la vérité, tu en es persuadé.

Judith te jette un regard éperdu avant de faire rouler les dés sur le plancher.

Elle obtient un triple cinq. Est-ce que ce lancer vous permet de gagner la partie ? Roberta, qui connaît la réponse, t'interroge :

– Si tel est le cas, vous devez passer le gobelet à Michka. Si vous pensez avoir perdu, il vous reste une seconde et ultime chance...

As-tu fait le calcul, malgré ton angoisse et ta nervosité ?

Si tu crois avoir gagné et que tu demandes à Judith de tendre le gobelet au squelette qui le réclame, va à la page 156.

Si tu penses, à l'inverse, qu'il faut lancer une nouvelle fois le gobelet, prends-le dans les mains de ta sœur et fais rouler toi-même les dés à la page 154.

08:05

Tu saisis sans hésiter un seul instant le vase que tu tiens bien en main par le col, puis que tu retournes. Tu dois faire très attention car ton ennemi a un couteau, arme bien plus létale que la tienne. Quelle mauvaise idée d'avoir choisi d'entrer dans cette chambre ! Enfin, l'heure n'est pas aux regrets, mais à l'action. Tu dois tenter de « repérer » la tête de L'Homme Invisible pour lui asséner le vase sur le crâne. Tu peux déduire sa position en te référant au couteau qu'il tient dans sa main. Mais est-ce la main droite ou gauche ? Et si tu visais plutôt le bras qui tenait le couteau pour lui faire lâcher l'arme ?

Tu es un peu perdu face à la menace, trop hésitant... Le couteau s'approche par surprise et tu sens la lame frôler ta joue droite, puis la gauche... et là, le tranchant t'inflige une estafilade d'un coup vif. Tu portes spontanément la main à ta joue ; tu saignes. Par instinct, tu fais un pas en arrière et ta tête heurte un porte-manteau. La douleur te fait lâcher le vase qui se brise sur la moquette.

L'Homme Invisible rit bien de ta mésaventure.

– Tu vas mourir, jeune garçon ! tonne-t-il en décrivant des figures complexes dans l'air avec son couteau taché de sang.

La situation est grave. Mais est-elle désespérée ?

Va à la page 158 pour le savoir.

08:00

C'est peut-être battre en retraite, reculer vers un endroit duquel tu auras bien du mal à t'échapper, mais le coup du vase face à une menace invisible, tu n'y crois pas vraiment. Et il y aura peut-être une fenêtre, un vasistas dans ton lieu de repli qui te permettra de descendre en rappel par la façade du manoir. Tiens ! En assemblant les bandelettes de ton agresseur pour en faire une corde !

Fort de cet espoir retrouvé, tu bondis en direction de la salle de bains. Ton ennemi devait avoir senti le coup car il fait partir son couteau dans ta direction et parvient à déchirer une manche de ta chemise. Tu ressens une vive douleur. Il t'a aussi entaillé la peau sur quelques centimètres. Le sang goutte, mais la blessure reste superficielle et n'a pas atteint de veines ou d'artères. Tu fais fi de la douleur, tu te précipites dans la salle de bains, tu claques la porte et la verrouilles de l'intérieur.

Ouf ! Tu y es parvenu. Cela t'offre un moment de répit. Et il y a bien un vasistas au plafond !

Sur un séchoir, tu découvres les dizaines de bandelettes

blanches, qui te font penser à ces papyrus que les Égyptiens utilisaient pour envelopper leurs momies. L'Homme Invisible s'en sert pour recouvrir son corps lorsqu'il désire être vu. Vont-elles être assez solides pour supporter ton poids, une fois réunies ?

Tu ne le sauras pas. Ton répit aura été de courte durée : la porte de la salle de bains claque et L'Homme Invisible – qui a donc trouvé un moyen de l'ouvrir depuis l'extérieur – avance vers toi en ricanant, son couteau taché de sang décrivant de curieuses arabesques.

Tu dois faire face à ton agresseur. Sans arme.

Va à la page 158 pour livrer la lutte... ou tout du moins tenter de le faire.

06:10

Est-ce ton instinct, là encore, qui te dicte de ne pas accéder à la requête de la vieille dame ? Certainement. Aussi préfères-tu lui répondre que tu le feras, pour ne pas la froisser, mais plus tard. Elle hoche la tête, un peu déçue, puis continue à te poser des questions à propos de ta vie quotidienne de jeune homme. C'est alors que tu remarques que plusieurs chats s'échappent de l'appartement par un vasistas ouvert dans la salle de bains. Existe-t-il un moyen de descendre dans le jardin depuis cette fenêtre ? Tu veux en avoir le cœur net.

Tu t'excuses auprès de ton interlocutrice et tu te diriges vers la salle de bains. Tu fermes la porte pour faire croire que tu as un besoin pressant, tu te hisses à la force de tes bras par le vasistas... et tu atterris sur le toit. Seule la lune gibbeuse de la nuit tombante t'éclaire. Un chat noir est là, stoïque, comme s'il t'attendait. Dès que tu es en capacité de marcher, il s'enfuit. Tu le suis, et vous voilà à slalomer sur le toit entre les cheminées, les climatiseurs et la girouette du manoir. Au bout d'une dizaine de mètres, le félin s'arrête ; il est devant une échelle en fer. Elle descend jusqu'à une petite plateforme du même matériau située un peu plus bas. Tu vas pouvoir t'évader !

Tu remercies le chat d'une caresse avant qu'il reparte aussi sec, et tu empruntes l'échelle. Trois minutes plus tard, ô joie ! Tu foules la terre ferme ! Tu vas pouvoir rejoindre ton père et Judith ! Tu pries pour que ta sœur n'ait pas connu de mésaventures au manoir et pour que ton père ait réussi à faire réparer la voiture.

Mais tu entends une voix dans ton dos crier ton prénom. Tu fais volte-face. C'est Judith !

– Viens, souffle-t-elle, le visage ravagé par l'angoisse. C'est une maison de fous, ici ! J'ai demandé de quoi boire et un majordome m'a servi un verre de... sang.

Elle retient une nausée. Vous vous élancez en direction de la voiture où vous retrouvez votre père. Le moteur tourne, c'est une victoire ! Benjamin vous fait bien le reproche de vous être éloignés, mais ce n'est pas le souci ! Il faut déguerpir de Pics-Jumeaux au plus vite. Les explications, vous les donnerez sur le trajet...

Vite, Papa, démarre !

00 : 00

Bravo ! Tu as réussi à quitter ce village maudit, dominé par ce manoir insensé où la mort rôde. Il existe bien d'autres façons d'y parvenir et de triompher de tous leurs dangers. Va à la page 123 si tu as assez de courage pour les vivre...

04:55

À peine as-tu ouvert une première boîte de conserve qu'une dizaine de chats te rejoignent dans la réserve et commencent à tourner autour de tes jambes. Tu n'as même pas le temps de vider toute l'ignoble gélatine puante dans une grande écuelle : d'autres félins arrivent et se ruent sur la pâtée. Plusieurs chats surgissent encore alors que tu perces la seconde boîte. Tu n'auras même pas la possibilité de la verser. Tu en avais compté vingt mais ils sont quarante, cinquante, peut-être cent ?

Tu n'en crois pas tes yeux, mais c'est un véritable déferlement de chats. Ils finissent par te sauter carrément dessus, plantant leurs griffes acérées dans tes mains. Tu hurles. Tu saignes abondamment. Perclus de douleurs, tu tombes à genoux... il ne le fallait pas : à présent, les félins se jettent sur ton visage, tes jambes, tes bras, mordant avec avidité chaque morceau de ta peau nue, arrachant des lambeaux de chair pour s'en délecter.

Soudain, tu aperçois la vieille dame, toujours avec ses bigoudis : elle a fait le trajet jusqu'à la réserve, appuyée sur sa canne, et elle se réjouit du spectacle, le visage plus joyeux et détendu que jamais.

– Allez-y, mes petits, et ne vous excusez pas... Ça vous change de la viande en conserve, n'est-ce pas ! Régalez-vous, mes amours...

C'est sur cette vision que tu quittes ce monde pour un autre, que tu espères meilleur, ou peut-être juste moins douloureux que celui-ci.

00 : 00

Tu as perdu !

Jamais, même dans tes plus affreux cauchemars, tu n'aurais pensé vivre une telle fin et mourir aussi horriblement ! N'hésite pas à te rendre à la page 64 pour retenter ta chance et parvenir, cette fois, à quitter cet endroit maudit.

02:30

Trois fois cinq, quinze. Et le nombre d'os du corps humain (deux cent six) divisé par treize, cela fait quinze virgule huit, que l'on doit arrondir à l'inférieur, selon les consignes. Quinze, donc. Or, Roberta a stipulé que le total des dés ne doit pas être supérieur ou égal à quinze ! Le lancer est donc perdant.

C'est pour cette raison que tu t'empares avec autorité du gobelet des mains de Judith, et que tu fais à nouveau rouler les dés sur le plancher couvert de poussière.

Cette fois, tu obtiens un deux, un trois et un six. Onze, au total. Le résultat est plus net. Il est gagnant. Tu tends donc le gobelet au squelette Michka, en lui adressant même un petit sourire.

– Bien, bien, dit Roberta en hochant la tête. Vous avez relevé le défi avec intelligence... Venez avec moi, nous allons laisser jouer nos amis et je vais vous raccompagner moi-même à la porte de mon Manoir Halloween...

Avec Judith, vous ne vous le faites pas dire deux fois et vous suivez la directrice qui vous reconduit à toute allure dans l'escalier, en direction de la porte principale. Des pensionnaires, tous plus hideux les uns que les autres, apostrophent Roberta sur votre trajet en lui demandant de vous garder encore un peu, histoire de pouvoir s'amuser.

– On pourrait tester sur ces deux jeunes gens robustes nos dernières créations ! susurrent-ils.

Mais votre guide se montre inflexible. Elle a promis de vous reconduire sains et saufs et elle s'acquitte de sa tâche, même à contrecœur.

Une fois dans le jardin, elle claque violemment la porte du manoir derrière vous tandis que vous détalez en direction de la voiture.

Votre père est là, la tête sous le capot, en train de changer une bougie.

– J'ai eu peur, s'écrie-t-il, vous étiez où ?

S'il savait... mais ce n'est pas le moment de lui raconter. Plus tard, pendant le trajet. Là, il faut lancer le moteur et démarrer pour quitter ce village complètement dingue de Pics-Jumeaux !

00 : 00

Bravo ! Tu as réussi à quitter ce village maudit, dominé par ce manoir insensé où la mort rôde. Il existe bien d'autres façons d'y parvenir et de triompher de tous leurs dangers. Va à la page 123 si tu as assez de courage pour les vivre...

02:30

Un triple cinq, cela fait quinze. Et le nombre d'os total, deux cent six, divisé par treize, cela fait quinze virgule huit, que l'on doit arrondir à quinze selon les consignes. Étant donné que le total obtenu ne doit pas être supérieur ou égal à quinze, le lancer était donc perdant.

Or, tu as dit à Judith de tendre le gobelet à Michka.

Michka, tout comme Greta et Aliocha, est particulièrement fâchée par ta désinvolture. Aussi n'as-tu pas le temps de réagir lorsque tu la vois se déboîter le tibia et bondir auprès de toi pour t'en asséner un grand coup derrière la tête. Tu es sonné et tu tombes sur le sol, à moitié évanoui.

– Ton erreur est également celle de ta sœur, siffle la directrice avant d'éclater de rire.

Mais un second coup en plein sur le crâne, cette fois du tibia d'Aliocha, te plonge dans le coma. Et c'est tant mieux. Tu préfères ne pas assister à ta lente agonie ni à celle de ta pauvre sœur Judith que Roberta n'a pas la bonne grâce d'épargner...

Pitoyable fin dans ce grenier poussiéreux, roué de coups par des squelettes pour avoir perdu à un jeu de dés. La vie sait se montrer cruelle, souvent...

00 : 00

Tu as perdu !

Jamais, même dans tes plus affreux cauchemars, tu n'aurais pensé vivre une telle fin et mourir aussi horriblement ! N'hésite pas à te rendre à la page 64 pour retenter ta chance et parvenir, cette fois, à quitter cet endroit maudit.

04:15

Tu aimerais te montrer optimiste mais, franchement, la situation se présente mal. Tu cherches un objet à portée de main susceptible de te servir d'arme ou même de bouclier mais tu n'en trouves pas. Que dois-tu tenter ? Comment réagir ? En menaçant L'Homme Invisible par un cri ? Une parole ?

Ton agresseur sautille autour de toi. Il ricane, il semble réellement se délecter de la situation, de ton impuissance manifeste. Tu es acculé.

– Trêve de plaisanteries ! finit-il par s'exclamer.

Tu vois le couteau se diriger droit sur toi. La lame s'enfonce dans ton estomac comme dans une motte de beurre fraîchement battu et tu ne peux que t'effondrer sur le sol, en modulant ton cri de douleur. Tu sais que le coup porté, sans assistance immédiate, te sera fatal. Tel était ton destin : mourir dans la chambre 237 de ce terrible manoir. Mais tu souhaites avant tout rester digne face à ton agresseur. Ne pas hurler ta souffrance, qui est pourtant si vive, pour que sa victoire ne soit pas complète.

00 : 00

Tu as perdu !

Jamais, même dans tes plus affreux cauchemars, tu n'aurais pensé vivre une telle fin et mourir aussi horriblement ! N'hésite pas à te rendre à la page 64 pour retenter ta chance et parvenir, cette fois, à quitter cet endroit maudit.

17:10

Pour toi, c'est un très mauvais plan de fuir vers les étages. En effet, plus tu vas monter, plus tu auras ensuite du mal à retrouver l'air libre. C'est logique, non? Enfin, c'est ce que tu penses en filant le long du couloir et en t'enfonçant dans les tréfonds du manoir.

Il te vient une idée pour échapper à cette femme hideuse que tu as croisée dans le hall. Tout à l'heure, tu as vu qu'il existait un bâtiment annexe au Manoir Halloween, plus moderne. Peut-être pourras-tu y trouver refuge dans un premier temps, et une issue dans un second temps. L'édifice était relié à celui où tu te trouves par une passerelle vitrée permettant d'accéder de l'un à l'autre sans sortir dans le jardin. Ton instinct te dit qu'il faudrait la localiser!

Tu enfiles un nouveau couloir ponctué de plusieurs portes fermées d'où s'échappent des cris terrifiants. En tournant vers la droite, au jugé, tu te retrouves nez à nez avec des petites filles jumelles qui se tiennent par la main. Elles sont vêtues de robes bleues ornées de rubans blancs. Elles te fixent étrangement puis te disent, en chœur :

– *Come play with us !*

C'est de l'anglais. « Viens jouer avec nous. »

Tu fais un pas en arrière en fermant les yeux, dans l'espoir de faire disparaître cette vision dérangeante. Lorsque tu rouvres les yeux, le couloir est... vide !

Ce manoir t'effraie de plus en plus ! Non, non, ce n'est pas possible. Qu'est-ce que tu es en train de vivre ? Un cauchemar éveillé. Qu'est-ce qu'il te reste encore à affronter entre ces quatre murs ? Il te faut déguerpir au plus vite ! Retourner à la voiture en espérant que ta sœur et ton père s'y trouvent et que vous pourrez repartir immédiatement. La peur, c'est drôle le soir d'Halloween, pour rigoler, mais quand elle te glace littéralement le sang comme ici, avec la vision des jumelles, non merci !

Cela te galvanise pour trouver au plus vite le chemin du bâtiment annexe. Tu serpentes, tu slalomes encore quelques minutes avant de découvrir un panneau « Espace loisirs : serre d'hiver, piscine, salle de bridge ». Tu es persuadé que ton salut viendra de ta capacité à entrer dans ce lieu, puis à en sortir. Quelques mètres plus loin, après avoir croisé un serveur du manoir que tu penses de constitution ordinaire, avant de t'apercevoir qu'il possède deux crochets mécaniques en guise de mains, tu repères enfin le début de la passerelle vitrée cylindrique. Tu t'y rues en te demandant si tu n'entres pas en réalité dans ce qui serait le tube digestif de ce manoir transformé en bête.

Va à la page 163 pour espérer.

13:10

À travers les parois vitrées de la passerelle, tu observes que la nuit va bientôt tomber. Une lune gibbeuse commence à se dessiner dans le ciel, au-dessus de toi. Tu t'étais donné pour objectif de quitter Pics-Jumeaux avant que l'obscurité totale envahisse le village, il va donc falloir faire vite.

La passerelle débouche dans un premier espace, vaste, dans lequel il fait très chaud et humide. On y sent la terre mouillée, la chlorophylle et, derrière tout cela, une odeur doucereuse de pourriture. Te voilà devant un mur végétal : c'est la serre d'hiver. L'endroit est éclairé grâce à de puissants spots ; tu n'auras donc, fort heureusement, aucun mal à trouver ton chemin. Par ailleurs, les sentiers pour entrer plus avant dans la serre sont en goudron : cela te permettra d'y évoluer à un rythme rapide, surtout vu ton impatience de sortir d'ici.

Tu pénètres donc entre deux massifs de très belles fleurs jaunes, rouges et bleues. Un peu plus loin, cependant, le chemin se divise en deux. Une pancarte de bois propose, en lettres gravées, deux directions possibles : « La rocaille mystérieuse », vers la droite ; « Le massif carnivore », vers la gauche. Tout un programme ! Que de promesses ! Il te faut choisir le moins pire, non ?

Si tu optes pour la rocaille mystérieuse, va vers la droite à la page 168.

Si tu préfères traverser le massif carnivore, oblique vers la gauche à la page 165.

08:50

Alors oui, comme ça, au premier abord, ton choix peut paraître étonnant. Décider de te frotter à des plantes carnivores dans un tel endroit, c'est insensé, non ? Suicidaire ? Pas forcément. Il faut parfois – voire souvent – savoir penser de manière déviante, cela peut permettre d'éviter de tomber dans le panneau. Tu n'hésites donc pas un seul instant à prendre la direction du massif carnivore. Après un petit détour le long d'un bassin encombré de nénuphars, tu arrives à destination. Il y a là les quatre variétés de plantes carnivores : les *Dionaea* à mâchoires ; les *Drosera* et leurs multiples pics collants ; les *Sarracenia* et leurs feuilles magnifiques mais trompeuses, en forme de trompettes ; et, enfin, les *Pinguicula*, au goût avéré pour la chair malgré une apparence inoffensive s'approchant de la tulipe.

Mais ici, elles sont en version XXL. Au vu de leur taille gigantesque, elles ne doivent pas gober que des mouches... Seraient-elles capables de se repaître d'humains ? Tels que... toi ? Tu prends une grande inspiration puis tu te lances sur le petit sentier qui traverse le massif. Ton pas est assuré. Tu regardes devant toi. Et même si les *Dionaea* claquent parfois de leurs mâchoires végétales en tendant leurs tiges, tu continues sans te laisser effrayer. Pas une plante n'est en mesure de te toucher, pas une ne parvient à te mordre.

Tu sors donc indemne de la serre d'hiver ! Bravo !

Il est temps pour toi d'explorer la deuxième pièce de l'espace loisir, dont la porte est percée d'un hublot. Tu sais à quoi t'attendre : une pancarte avec l'inscription « Piscine » est fixée au-dessus de l'entrée.

Les vestiaires sont indiqués sur la droite, mais tu te diriges vers le bassin. Aucun maître-nageur ne te fera de réflexion parce que tu as gardé tes baskets aux pieds. Dans ces circonstances...

Une odeur âcre de chlore, particulièrement concentré, t'irrite le nez et les yeux. Mais si tu bondis en arrière... c'est parce que tu aperçois un requin dans la piscine d'une vingtaine de mètres ! Il y a un requin dans l'eau ! L'horrible créature aquatique nage au fond du bassin et remonte parfois à la surface pour faire surgir son aileron qui a l'air aussi tranchant qu'une lame de rasoir, ou carrément sa gueule, hérissée de plusieurs dizaines de dents pointues ! La bête, lorsqu'elle remarque ta présence, se fige devant toi, près du bord, et fait claquer plusieurs fois sa mâchoire avant de replonger.

Pourtant, une fois ta peur digérée, quelque chose te chiffonne. Le requin te semble décrire des cercles programmés, suivre des mouvements automatiques, pas très spontanés. Tu ne tardes pas à en comprendre la raison : ce n'est pas un véritable poisson mais une créature mécanique. C'est le requin des *Dents de la mer*, un effet spécial pour le cinéma ! Tu le vois en t'approchant et en découvrant sa peau qui est fort bien imitée, mais qui ne paraît pas naturelle à cent pour cent. Et puis il y a ce câble, presque invisible, qui relie la machine au fond de la piscine tandis qu'elle nage...

Dès lors, tu es un peu moins angoissé. Juste un peu moins, car les dents de la bête ont l'air de pouvoir faire mal et sa mâchoire claque vraiment !

Que vas-tu faire ?

Tu n'hésites pas à sauter dans l'eau pour débrancher le câble de ce requin mécanique ; c'est osé, mais si tel est ton choix, plonge à la page 173.

Ou bien tu décides de te montrer plus prudent et d'éviter le monstre en passant comme si de rien n'était sur le côté droit de la piscine, le plus dégagé ; c'est à la page 171.

10:05

On ne va pas te la faire, ah ça, non ! Et puis quoi, encore ? Traverser un massif de plantes carnivores dans le Manoir Halloween ? C'est la mort assurée... Tu es certain qu'il ne s'agira pas de simples plantes gobeuses de mouches, mais d'énormes végétaux capables d'ingérer un humain entier pour s'en repaître pendant des heures.

Aussi choisis-tu la rocaille. Tu ne sais pas pourquoi elle est mystérieuse ; tu ne vas pas tarder à le découvrir. Après quelques détours, te voilà face à un amas rocheux de cinq, six mètres de hauteur, traversé en son milieu par un petit chemin de terre. Il y a, de chaque côté du sentier, des plantes qui paraissent inoffensives mais à l'aspect fort mystérieux, en effet : elles sont multicolores et changeantes. Il y a aussi des arbrisseaux aux formes étonnantes, comme ceux qui se trouvent juste devant toi – leurs feuilles ressemblent à une boule de feu.

Bon, tu n'es pas là pour faire du tourisme. Tu t'engages donc sur le chemin et au sommet, tu t'arrêtes net : tu y croises ton premier être humain depuis ton arrivée dans la serre. C'est un jardinier. Il ratisse un petit terrain de graviers où sont plantées des haies en forme d'animaux qui s'animent toutes seules. Dingue.

– Tout va bien ? demande le petit homme en se retournant vers toi.

Il est tout sourire et te semble franchement très sympathique. Tu lui réponds que tu cherches une sortie.

– Oh, vous en trouverez une sans le moindre souci devant vous, en redescendant la rocaille... Bonne journée, et que Dieu vous garde !

Tu le remercies. Tu es déjà reparti lorsqu'il te hèle.

– Monsieur ?

Tu te retournes. Et là, *bing !* Il t'assène un violent coup de râteau sur la tête.

– Personne ne sort de ma serre d'hiver sans une génuflexion en hommage à mon génie végétal !

Cet homme est un fou, comme tous les autres ! Tu t'es trompé à son sujet. Les dents acérées du râteau se plantent en plein dans ton front. Tu tombes à genoux. Il l'a, sa génuflexion, ce taré !

Ouille. Ça pique. Ça pique même très fort. Ça pique tellement que tu t'écroules de douleur, inconscient.

C'est ballot de finir assassiné par un jardinier qui avait pourtant l'air si aimable.

00 : 00

Tu as perdu !

Jamais, même dans tes plus affreux cauchemars, tu n'aurais pensé vivre une telle fin et mourir aussi horriblement ! N'hésite pas à te rendre à la page 64 pour retenter ta chance et parvenir, cette fois, à quitter cet endroit maudit.

06:55

C'est tentant, n'est-ce pas, de ne pas se mouiller et d'ignorer superbement la créature mécanique qui fait ses exercices dans la piscine ?

Tel est ton choix. Tu te dis que tu ne vas pas prendre le risque de plonger. C'est trop dangereux, et puis tu gâcherais des forces dont tu auras forcément besoin plus tard.

Tu marches donc le long du bassin, du côté droit, en prenant soin de raser les murs pour évoluer le plus loin possible de la bête. Dans un coin de ton esprit, tu te demandes comment la présence d'une telle machine est vraisemblable au sein d'un manoir perdu en haute montagne... mais ce n'est pas le moment de te poser cette question. Tu dois rester concentré.

Tu fais une dizaine de mètres sans rencontrer le moindre souci. Tu es donc environ à mi-distance lorsque le requin, qui avait disparu dans le fond de la piscine, bondit et te happe la jambe gauche ! La douleur est intolérable. Le monstre ne lâche rien et parvient à t'arracher le membre avant de replonger, triomphant, ta jambe entre ses mâchoires – qui n'ont rien de factice, elles.

Tu te tords de douleur sur le carrelage. Mais ne crains rien, ton agonie sera rapide : le requin jaillit de nouveau de la piscine dont l'eau a pris une teinte rougeâtre. Et, cette fois, avec ses dents dégoulinant de sang et de chlore, il te sectionne la tête au niveau du cou.

Tu entends un grand *CRAC !*

Et puis plus rien.

00 : 00

Tu as perdu !

Jamais, même dans tes plus affreux cauchemars, tu n'aurais pensé vivre une telle fin et mourir aussi horriblement ! N'hésite pas à te rendre à la page 64 pour retenter ta chance et parvenir, cette fois, à quitter cet endroit maudit.

06:15

Encore une fois, tu penses de manière déviante. Mais ne vaut-il pas mieux débrancher le monstre mécanique en plongeant au moment opportun, plutôt qu'être à sa merci en marchant le long de la piscine ? C'est ton choix, et il est hautement respectable !

Tu sautes donc sans hésiter lorsque le requin se trouve de l'autre côté du bassin. C'est le bon moment ! Le filin qui le relie au bord n'est qu'à quelques mètres de toi. Sous l'eau, tu gardes les yeux ouverts ; à cause de la concentration phénoménale de chlore, tu as presque envie de te les arracher ! Mais la créature a fini son petit tour et fonce vers toi. Vite ! Tu t'aides de tes bras, tu bats des pieds encore plus rapidement. Tu es à quelques centimètres de l'endroit où le filin entre dans la paroi !

Ton ennemi a remarqué ton manège et fait claquer sa mâchoire pour te faire peur. Toi, tu tiens bon et tu prends le filin en main. Tu tires d'un coup sec et violent ; le câble ne résiste pas à ton opiniâtreté, il cède ! Dès cet instant, le monstre devient inoffensif. Il ne s'agite plus et, encore mieux : il remonte paisiblement à la surface, tel un ballon de baudruche dégonflé, ou bien un énorme bouchon de liège abandonné. Tu ne demandes pas ton reste et tu te hisses en dehors du bassin. Tu es trempé, mais victorieux !

Il est temps de continuer ta route et d'entrer dans la troisième – et dernière, normalement – salle de l'espace loisirs. Celle qui est réservée au bridge.

Autant n'as-tu croisé aucun humain jusqu'ici, autant cette salle est littéralement bondée ! Il y a là une vingtaine d'hommes et de femmes âgés, installés autour de petites tables revêtues d'un tapis vert. La plupart sont assis dans des fauteuils roulants. Ils jouent donc aux cartes, au bridge. Lorsque tu entres, ils se tournent vers toi ; les semelles de tes baskets émettent de gros bruits spongieux qu'on ne peut que remarquer. Tous te sourient, et certains t'invitent même à prendre place à leur table. La majorité doit avoir plus de quatre-vingts ans, notes-tu.

À l'exception d'une jeune femme qui est de dos mais que tu reconnais immédiatement grâce à sa chevelure rousse... Judith ! Ta sœur ! Vous vous tombez dans les bras.

– Oh, que je suis heureuse de te retrouver !

Judith te demande pourquoi tes vêtements sont trempés, mais tu fais un geste qui renvoie la réponse à plus tard.

– Ils m'ont emmenée de force ici après m'avoir donné un verre d'eau, hoquette ta sœur. Ils veulent me faire jouer à la roulette russe, ils disent que si je passe cette épreuve, ils me montreront le chemin de la sortie... et que sinon...

Elle n'a pas besoin de continuer, tu as compris et tu décides aussitôt de prendre sa place. Tu as brillamment triomphé de deux épreuves, tu te sens donc prêt pour en affronter une troisième, même si c'est une roulette russe potentiellement meurtrière.

En effet, Judith est installée à une table où les occupants ne jouent pas aux cartes. Sur le tapis vert, en lieu et place des rois, reines et valets, tu découvres un pistolet Smith & Wesson calibre .44, de la grande époque du western (une arme à très gros calibre), ainsi que plusieurs balles éparpillées.

Tu annonces, en t'asseyant, que tu vas prendre la place de ta sœur.

– À la bonne heure ! lance une vieille femme en tapant dans ses mains. Un peu d'amusement, chouette alors !

Tu te fais confirmer que si tu sors vivant de cette épreuve, on vous laissera partir en paix.

– Oui, oui, s'impatiente un vieillard. Au Manoir Halloween, une parole donnée est une parole donnée. Mais allez-y, jeune homme, placez votre balle ! Et que le destin décide !

La roulette russe, une épreuve terriblement angoissante. Dans un barillet qui peut contenir six balles, en introduire une, et seulement une. Faire tourner le barillet une ou plusieurs fois. Poser le canon sur sa tempe et tirer, une fois. Une chance sur six de mourir ; cinq chances sur six de continuer à vivre. Et donc de s'échapper enfin de ce manoir de fou, même s'il ne vous aura pas livré tous ses secrets.

Tu charges la balle dans un des cylindres du barillet. Tes doigts tremblent ; on peut le comprendre. Mais tu mets un point d'honneur à les discipliner. Judith se penche vers toi à cet instant :

– J'ai lu une fois sur Internet que le moins risqué est de faire tourner le barillet quatre fois...

Tu fronces les sourcils. Pourquoi quatre fois ?

Autour de la table, les convives tapent dans leurs mains, le visage joyeux, pour t'enjoindre de commencer. Des résidents du manoir ont même arrêté leur partie de bridge et déserté leur table pour rejoindre celle où tu te tiens assis. Ils veulent tous assister à la scène !

Alors ?

Si tu choisis de suivre les recommandations de Judith et de tourner le barillet à quatre reprises, va à la page 178.

Si tu préfères ne pas l'écouter et laisser le hasard décider, tourne le barillet et espère à la page 180.

04:40

Après ses quatre tours, le barillet s'arrête et tu entends un clic. Voilà. Il y a une balle dans le canon, ou pas. Tu ne peux plus reculer. Judith a détourné la tête. Les autres spectateurs te regardent, fascinés. Tu places donc le bout du pistolet contre ta tempe droite et, d'un index tremblant, tu presses la détente.

Autant ne pas te faire attendre. Le suspense n'est pas franchement nécessaire dans ces circonstances, n'est-ce pas ?

Le chien se recule, plus claque. Le coup part. La balle avec.

Tu as perdu.

Sens-tu l'odeur de poudre avant de mourir foudroyé de cette balle en pleine tête ? Entends-tu le cri d'horreur de ta sœur et les applaudissements des autres joueurs ?

Non. Clairement non. Tu es mort sur le coup. Mort et bien mort.

Adieu, petit gars.

00 : 00

Tu as perdu !

Jamais, même dans tes plus affreux cauchemars, tu n'aurais pensé vivre une telle fin et mourir aussi horriblement ! N'hésite pas à te rendre à la page 64 pour retenter ta chance et parvenir, cette fois, à quitter cet endroit maudit.

02:05

Non, ce truc lu sur Internet, ce n'est que fadaises et billevesées ! Aussi préfères-tu t'en remettre au hasard. Cinq chances sur six de t'en sortir, soit quatre-vingts pour cent, c'est énorme, n'est-ce pas ?

C'est tout du moins ce que tu veux croire au moment de faire tourner le barillet.

Clic.

Il s'arrête. Tu places le canon sur ta tempe droite. Les applaudissements d'encouragement cessent ; Judith détourne la tête et toi, tu fermes les yeux. Autant ne pas attendre, non ? Surtout que tu sens tes entrailles se liquéfier sous l'effet de l'angoisse. Ton index presse la détente.

Clic.

Il ne se passe rien. Le chien ne heurte aucune balle, pas le moindre projectile... Tu as gagné ! Tu jettes avec tellement de force le Smith & Wesson sur la table qu'un coup part ! Tu as joué ta vie à une position près dans le barillet ! Fort heureusement, la balle vient se ficher dans le plafond et fait seulement tomber des volutes de plâtre sur quelques pensionnaires.

Judith et toi quittez la salle sous un tonnerre d'applaudissements dont tu te fiches éperdument. Un homme en fauteuil roulant vous accompagne et vous guide à travers plusieurs couloirs avant de vous désigner une porte de sortie.

Ça y est ! Vous êtes dehors ! Le vent frais de la montagne ne vous fait pas frissonner un instant ; au contraire, il vous ragaillardit !

Tu prends Judith par la main et vous contournez le Manoir Halloween. Grâce à la lune, tu parviens à te repérer et tu retrouves sans peine la voiture.

Ton père est là et, en plus, le moteur ronfle ! Quelle joie d'entendre ce bruit irritant d'ordinaire mais qui, à cet instant, vous réchauffe le cœur et l'esprit. La voiture va pouvoir vous emmener loin de Pics-Jumeaux et de son manoir !

– Mais vous étiez où ? se fâche Benjamin. C'est irresponsable de vous être éloignés sans même m'avoir laissé un mot. J'ai eu la trouille de ma vie !

Et toi, alors ? Et Judith ? Vous allez pouvoir vous raconter vos aventures sur le chemin.

En attendant, pas une seconde à perdre : il faut partir loin de cet endroit de cauchemar, et vite !

00 : 00

Bravo ! Tu as réussi à quitter ce village maudit, dominé par ce manoir insensé où la mort rôde. Il existe bien d'autres façons d'y parvenir et de triompher de tous leurs dangers. *Va à la page 123 si tu as assez de* courage pour les vivre...

30 MINUTES POUR SURVIVRE

Si cette aventure t'a plu,
découvre vite les autres titres
de la série !

30 minutes de lecture.

30 issues possibles.

Toujours plus de danger !

30 MINUTES POUR SURVIVRE

Panique en altitude

Tu es à bord du train le plus rapide du monde. Face à toi, un col de montagne si abrupt que les rails s'élèvent à la verticale. Le démarrage est brutal, l'accélération foudroyante. Soudain, un hélicoptère surgit et se pose sur le toit. Le train est pris d'assaut, tu dois réagir !

Piège en haute mer

Tu es en pleine session de surf au milieu de l'océan. Soudain, l'ombre menaçante d'un requin se dessine sous les eaux. Au même moment, une explosion déchire le rivage à quelques centaines de mètres de toi. Une énorme vague te projette en direction de la gueule béante du requin. Tu dois réagir !

Braquage sous haute tension

Tu patientes au guichet d'une grande banque. Du coin de l'œil, tu aperçois trois individus suspects qui se faufilent à l'intérieur. Soudain, le cri assourdissant de l'alarme retentit dans tout le bâtiment. L'un des braqueurs neutralise les caméras, un autre sort une grenade et vous ordonne de vous allonger face contre terre. Tu dois réagir !

Le zoo de tous les dangers

Tu es en vacances sur une île perdue, dans le plus grand zoo du monde. Soudain, la foule qui t'entoure se met à hurler et à courir vers les sorties. Un lézard géant fonce dans ta direction, la mâchoire claquante. Dans quelques secondes, la créature va t'écraser, ou pire... Tu dois réagir !

L'attaque du robot géant

Tu t'apprêtes à rejoindre tes amis dans le centre-ville. Soudain, la rue s'ouvre en deux juste devant toi, et un gigantesque robot en sort, prêt à tout détruire sur son passage. Et, malheureusement pour toi, c'est exactement là que tu te trouves. Tu dois réagir !

Le temple maudit de Cetho Wukir

Tu te trouves dans la jungle, devant le temple sacré de Cetho Wukir. Tu t'enfonces à pas feutrés dans ce sanctuaire mythique quand, soudain, le sol se dérobe sous tes pieds. Tu dégringoles dans une fosse putride qui se remplit d'eau à toute vitesse. En quelques secondes, tu en as déjà jusqu'aux genoux. Si tu ne fais rien, tu vas finir noyé... Tu dois réagir !

Dans l'enfer de Fortnite

Tu es condamné à participer à la prochaine édition de Fortnite. Les règles, tu les connais : il n'y en a aucune. Parmi les cent joueurs présents dans le bus de combat, un seul ressortira vivant. Tu n'as pas le choix, tu vas devoir te battre si tu veux sauver ta peau... Tu dois réagir !

La forteresse du fou

Fou. Cet homme est fou. Comment t'es-tu retrouvé prisonnier de ce malade, tu n'en sais rien. Le milliardaire vous a enlevés, toi et une centaine de joueurs de Fortnite, pour vous défier sur son jeu préféré. Tu pensais que Fortnite était juste un jeu ? Cette fois, c'est ta vie qui est en jeu ! Tu dois réagir !

Fortnite : l'ultime bataille

C'est le grand jour ! Cela fait des semaines que tu te prépares pour LA plus grande convention Fortnite de l'année. Les plus grands joueurs pros et streamers seront présents. Alors que tu pénètres dans l'enceinte, tu es émerveillé par la qualité des cosplays. Tous ces déguisements sont hyper réalistes ! Peut-être trop, d'ailleurs. Soudain, une explosion retentit, puis une autre, et encore une autre et bientôt, tout le complexe est transformé en gigantesque *battle* royale. Tu n'as plus le choix : si tu veux survivre, tu vas devoir te battre !

L'odyssée de la peur

Jason, le héros de la Grèce antique, t'a confié la Toison d'or. À bord de ton navire, tu fais voile vers ton île natale où la gloire t'attend. Soudain, un navire se dessine à l'horizon, puis deux, puis trois, puis quatre. « Des pirates ! » hurle la vigie. C'est la panique à bord, tout le monde attend tes ordres. Tu peux trouver refuge sur ces mystérieuses îles au loin, ou te battre, mais le temps presse... Tu dois réagir !

La mission Lune ne répond plus !

Tu es à bord de la navette spatiale Herculeum. Dans quelques minutes, tu poseras le pied sur le sol lunaire, cinquante ans après Neil Armstrong, l'astronaute américain ! Soudain, l'alarme retentit. Horreur ! Un morceau de roche vient de percuter le réservoir d'oxygène de la fusée. Si tu ne fais rien, vous risquez de mourir asphyxiés... Tu dois réagir !

Virus mortel

Tu visites un complexe scientifique ultra moderne avec ta classe. Soudain, l'alarme se déclenche. Un virus extrêmement dangereux se répand dans l'air. Par chance, tu as le temps de t'injecter une nanoparticule qui te donne trente minutes de répit. Autour de toi, les autres sont tous en train de muter en d'horribles créatures. Il te faut fuir, mais aussi trouver un antidote, sinon... Tu dois réagir !

Composition : IGS-CP
Impression : CPI Bussière en septembre 2021
Éditions Albin Michel
22, rue Huyghens, 75014 Paris
www.albin-michel.fr
ISBN : 978-2-226-45129-3
N° d'édition : 24009/01 – N° d'impression : 2057209
Dépôt légal : octobre 2021
Loi n° 49-956 du 16 juillet 1949 sur les publications destinées à la jeunesse.
Imprimé en France